Rebecca Serle es autora de cuatro novelas juveniles y guionista de televisión. Graduada por la Universidad de California, vive entre Nueva York y Los Ángeles y actualmente está trabajando en la adaptación de sus libros para Warner Bros. Television.

EN CINCO AÑOS

EN CINCO AÑOS

REBECCA SERLE

Traducción de Paula Vicens

Título original: *In Five Years*

Primera edición: enero de 2024

Impreso en Colombia / *Printed in Colombia*

ISBN: 978-1-64473-903-7

24 25 26 27 28 10 9 8 7 6 5 4 3 2 1

Para Leila Sales, que ha iluminado estos últimos cinco años, y los cinco anteriores.
Lo soñamos porque ya había sucedido

El futuro es lo único con lo que puedes contar, chico —le dijo—. El mar corre hacia la tierra, al igual que el futuro te alcanza sin que tú te muevas.

MARIANNE WIGGINS,
Evidence of things unseen

Echaré de menos caminar por el puente hacia Manhattan. Y comer tarta.

NORA EPHRON

1

Veinticinco. Cuento hasta veinticinco todas las mañanas antes de abrir los ojos. Es una técnica meditativa relajante que mejora la memoria, la concentración y la atención, aunque esa no es la verdadera razón por la que lo hago, sino porque es lo que tarda David, mi novio, en levantarse y poner la cafetera, y yo en captar el olor del café.

Treinta y seis. Son los minutos que me lleva lavarme los dientes, ducharme, aplicarme tónico, sérum, crema y maquillaje, y vestirme para ir a trabajar. Si me lavo el pelo, tardo cuarenta y tres. Dieciocho. Esos son los minutos que dura el trayecto entre nuestro piso de Murray Hill y la calle Cuarenta y siete Este, donde está el bufete de Sutter, Boyt y Barn.

Veinticuatro. Son los meses que me parece que hay que salir con una persona antes de irse a vivir con ella.

Veintiocho. La edad adecuada para prometerse.

Treinta. La edad adecuada para casarse.

Me llamo Dannie Kohan y creo en una vida basada en los números.

—Feliz «Día de la Entrevista» —me dice David hoy, 15 de diciembre, cuando entro en la cocina. Voy en albornoz, con el pelo envuelto en una toalla. Él sigue en pijama. Todavía no ha cumplido los treinta y ya tiene el pelo castaño abundantemente salpicado de canas, pero me gusta. Le aporta prestancia, sobre todo cuando lleva gafas, lo cual es habitual.

—Gracias —le respondo. Lo abrazo, le beso el cuello primero y los labios después. Yo ya me he lavado los dientes, pero David nunca tiene mal aliento por las mañanas. Jamás. Cuando empezamos a salir, creía que era porque se levantaba antes para lavárselos, pero cuando nos fuimos a vivir juntos, me di cuenta de que es algo natural en él. Se levanta así, algo que no puede decirse de mí precisamente.

—El café está listo. —Él me escudriña y el corazón me da un vuelco al ver cómo se le contrae la cara cuando trata de enfocar la vista. Todavía no se ha puesto las lentillas.

Coge una taza y me la llena. Abro la nevera y, cuando me la da, le añado un poco de crema de café con aroma de avellana. David lo considera un sacrilegio, pero me la compra para complacerme. Así es él: crítico y generoso.

Me siento con la taza en el rincón de la cocina que da a la Tercera Avenida. Murray Hill no es el barrio con más encanto de Nueva York y tiene mala fama —todos los jóvenes judíos de las fraternidades y hermandades de la zona de Nueva York, New Jersey y Connecticut se vienen aquí a vivir cuando se gradúan. Las sudaderas de la Universidad de Pennsylvania son lo que más se ve por la calle—, pero en ningún otro podríamos permitirnos un piso de dos dormitorios y cocina completa en un edificio con portero y eso que entre los dos ganamos más de lo que una pareja de veintiocho años se merece ganar.

David se dedica a las finanzas. Trabaja como especialista en inversiones en Tishman Speyer, un *holding* inmobiliario. Yo me dedico al derecho empresarial y hoy tengo una entrevista en Wachtell, la firma de abogados más importante de la ciudad. La meca. La cima. La mítica sede ubicada en una fortaleza negra y gris de la calle Cincuenta y dos Oeste. Los mejores abogados del país trabajan allí. La cartera de clientes es inconmensurable; están todos: Boeing, ING, AT&T... Todas las grandes fusiones, los acuerdos que determinan las vicisitudes del mercado global tienen lugar entre sus cuatro paredes.

He querido trabajar para Wachtell desde que tenía diez años y mi padre me traía al centro para almorzar en Serendipity y ver una sesión de cine matinal. Pasábamos por delante de todos los grandes edificios de Times Square y luego yo insistía en que fuéramos andando hasta la calle Cincuenta y dos Oeste para echar un vistazo al rascacielos de la CBS, que alberga la sede de Wachtell desde su fundación, en 1965.

—Los vas a impresionar —dice David, y se despereza enseñando un poco la tripa. Es alto y larguirucho. Todas las camisetas se le quedan pequeñas cuando se estira, por suerte para mí—. ¿Estás preparada?

—Claro.

Cuando me propusieron la entrevista me lo tomé a broma. Un cazatalentos que me llamaba de Wachtell..., sí, claro. Bella, mi mejor amiga (esa rubia voluble amante de las sorpresas como bien sé) había sobornado a alguien, seguro. Pero no, era cierto. Los de Wachtell, Lipton, Rosen & Katz querían entrevistarme. Hoy, 15 de diciembre. Anoté el día en la agenda con rotulador permanente. Nada iba a borrar esa marca.

—No olvides que esta noche saldremos a cenar para celebrarlo —me dice David.

—No sabré si me dan el trabajo hoy mismo. Las entrevistas de trabajo no funcionan así.

—Ah, ¿no? Explícame eso.

David coquetea conmigo. Se le da muy bien. Nadie lo diría, con lo conservador que parece siempre, pero es muy ingenioso. Es una de las cosas que más me gustan de él y fue una de las primeras que me atrajeron.

Enarco las cejas y abandona su actitud.

—Pues claro que te darán el trabajo. Forma parte de tu plan.

—Te agradezco la confianza.

No le rebato porque sé lo que ocurrirá esta noche. David es un desastre guardando secretos y todavía peor mintiendo. Esta noche, en este segundo mes de mi vigesimoctavo año, David Andrew Rosen me va a proponer matrimonio.

—¿Dos cucharadas de copos de avena con pasas y medio plátano? —me pregunta, ofreciéndome un cuenco.

—Los días importantes son días de *bagel* de ensalada de bacalao, ya lo sabes.

Antes de un caso importante siempre paro en Sarge's, en la Tercera Avenida. Su ensalada de bacalao no tiene nada que envidiar a la del restaurante Katz's del centro y nunca hay que hacer cola más de cuatro minutos y medio. Me encanta su eficiencia.

—No te dejes los chicles —me aconseja David, sentándose a mi lado. Pestañeo y tomo un sorbo de café. Noto cómo desciende hasta mi estómago, dulce y cálido.

—¿Sigues aquí? —le digo. Acabo de darme cuenta. Hace horas que tendría que haberse marchado. Su horario es el de los mercados. Pero a lo mejor no piensa ir al despacho en todo el día. A lo mejor todavía tiene que comprar el anillo.

—Quería verte marchar. —Mira el reloj. Es un Apple. Se lo compré hace cuatro meses, por nuestro segundo aniversario—. Pero me voy volando a hacer ejercicio.

David nunca hace ejercicio. Paga la cuota del Equinox, pero me parece que ha ido dos veces en dos años y medio. Es de complexión delgada y algunas veces corre los fines de semana. Ese gasto inútil es un motivo de discordia entre ambos, así que esta mañana no se lo echo en cara. No quiero que nada estropee el día, y menos tan temprano.

—Claro —le digo—. Voy a arreglarme.

—Si te sobra tiempo... —Me atrae hacia sí y mete una mano por el escote de mi bata. Se lo permito durante uno, dos, tres, cuatro...

—¿No tenías prisa? Además, no puedo perder la concentración.

Asiente. Me besa. Lo entiende.

—Entonces esta noche haremos doblete —dice.

—No me tientes. —Le pellizco el bíceps.

Mi móvil suena en la mesita de noche, en el dormitorio, y me dejo guiar por él.

En la pantalla aparece la imagen de una diosa rubia de ojos azules sacándole la lengua de lado a la cámara. Bella. Me sorprende. Mi mejor amiga solo está levantada antes de mediodía si lleva despierta toda la noche.

—Buenos días. ¿Dónde estás? —le pregunto—. En Nueva York, no. —Bosteza. Me la imagino desperezándose en una terraza, cerca del mar, con un quimono de seda flotando a su alrededor.

—En Nueva York no, en París —me dice.

Bueno. Eso explica que sea capaz de hablar a estas horas.

—¿No te marchabas esta tarde? —Tengo su vuelo apuntado en el móvil: UA 57. Salida de Newark a las seis y cuarenta.

—Me fui antes. Papá quiere que cenemos juntos esta noche. Para quejarse de mamá, claro. —Tras una pausa, suelta un bufido—. ¿Tú qué harás hoy?

¿Sabe lo de esta noche? David se lo habrá contado, supongo, pero a ella también se le da mal guardar secretos... sobre todo los míos.

—Es un día importante en mi carrera y luego saldremos a cenar.

—Bien. A cenar.

Está claro que lo sabe.

Pongo el manos libres y me sacudo el pelo. Tardaré siete minutos en secármelo. Consulto la hora. Son las 8.57. La entrevista es a las once.

—He estado a punto de llamarte hace tres horas.

—Demasiado pronto.

—Pero de todos modos habrías cogido el teléfono.

—Lunática.

Bella sabe que dejo el móvil encendido toda la noche. Somos amigas del alma desde que teníamos siete años. Yo, una buena chica judía de la Main Line de Filadelfia. Ella, una princesita italofrancesa cuyos padres le organizaron un fiestón en su decimotercer cumpleaños que eclipsaba cualquier *bat mitzvah* en el suyo. Bella es una niña mimada, voluble y con un toque de magia. No solo yo opino eso. Todo el mundo cae rendido a sus pies. Es muy fácil quererla y ella ama sin barreras y sin límites.

Pero también es frágil. Cubre sus emociones con una

capa de piel tan fina que amenaza constantemente con rasgarse. La cuenta bancaria de sus padres es abultada y puede acceder a ella con facilidad, pero la atención que le dedican es otra cosa. Mientras nos hacíamos mayores, casi vivía en mi casa. Estábamos siempre juntas.

—Bells, tengo que irme. Hoy tengo la entrevista.

—¡Es verdad! ¡En Watchman!

—Wachtell.

—¿Qué te vas a poner?

—Seguramente un traje sastre negro, como siempre. —Ya me veo buscando en el armario, mi armario, aunque tenga el traje elegido desde que me llamaron.

—¡Qué emocionante! —se burla.

Me la imagino frunciendo esa naricita que tiene como si acabara de oler algo repugnante.

—¿Cuándo vuelves? —le digo.

—El martes, probablemente. Pero no estoy segura. Puede que Renaldo se reúna conmigo, en cuyo caso pasaremos unos días en la Costa Azul. Nadie lo diría, pero en esta época del año está fantástica. No hay ni un alma. Lo tienes todo para ti.

Renaldo. Hacía tiempo que no la oía hablar de él. Estuvo con él entre Marcus, el director de cine, y Francesco, el pianista, creo.

Bella siempre está enamorada. Siempre. Sin embargo, sus romances, aunque intensos pero dramáticos, duran meses, como mucho. Pocas veces, por no decir nunca, los llama «novio». Creo que la última vez aún estábamos en la universidad. ¿Y qué hay de Jacques?

—Pásatelo bien —le digo—. Mándame un mensaje cuando aterrices; y fotos, sobre todo de Renaldo, para mi archivo, ya sabes.

—Sí, mamá.

—Te quiero.

—Yo te quiero más —me responde.

Me seco el pelo y me lo aliso pasándome la plancha por las puntas para que no se me encrespe. Me pongo los pendientes de perlas que me regalaron mis padres cuando me gradué y el reloj que más me gusta, el Movado que me compró David por Hanukkah el año pasado. El traje de chaqueta negro, recién traído de la tintorería, está colgado detrás de la puerta del armario ropero. Lo combino con una blusa fruncida roja y blanca, en honor a Bella. Un detallito o una chispa de vida, como diría ella.

Vuelvo a la cocina y le enseño el resultado a David girando sobre mí misma. No ha avanzado un ápice en lo de vestirse y marcharse. Se ha tomado el día libre, ya no me queda ninguna duda.

—¿Qué te parece? —le pregunto.

—Estás contratada. —Me da un beso en la mejilla, sujetándome por las caderas.

Le sonrío.

—Esa es la idea —le digo.

En Sarge's, como era previsible, a las diez de la mañana no hay nadie, pues es un lugar en el que la gente para antes de ir a trabajar, así que tardo solo dos minutos y cuarenta segundos en conseguir mi *bagel* de ensalada de bacalao. Me lo como por el camino. A veces me siento en la barra que hay pegada a la ventana. No tiene taburetes, pero suele haber sitio para dejar el bolso.

La ciudad está engalanada para las fiestas. Las luces encendidas, las ventanas escarchadas. Fuera, la temperatura no llega a un grado centígrado, agradable para ser invierno en Nueva York. Todavía no ha nevado, además, así que caminar con tacones es pan comido. Por ahora, todo bien.

Llego a la sede central de Wachtell a las 10.45. Mi estómago se empieza a rebelar y tiro lo que me queda de *bagel.* Ha llegado el momento. Llevo seis años trabajando para esto. Bueno, en realidad, llevo trabajando para esto dieciocho años. Cada test preparatorio de la prueba de acceso a la universidad, cada clase de historia, cada hora invertida estudiando para la prueba de admisión de la Facultad de Derecho. Las incontables noches en vela. Cada bronca que un asociado me ha echado por algo que no he hecho y cada una que me he llevado por algo que sí; todos mis esfuerzos me han traído hasta aquí y me han preparado para este momento. Saco un chicle. Respiro hondo y entro en el edificio. El 51 de la calle Cincuenta y dos Oeste es enorme, pero sé exactamente por qué puerta entrar y a qué mostrador de seguridad dirigirme —entrada de la Cincuenta y dos, al mostrador que hay justo enfrente—. He ensayado mentalmente la secuencia de pasos muchas veces, como una coreografía. Primero, la puerta; luego, el torno; después, un giro a la izquierda y una rápida sucesión de pasos. «Un, dos, tres. Un, dos, tres. Un, dos, tres...»

La puerta del ascensor se abre en la planta 33. Contengo el aliento. Noto la energía como caramelo líquido en las venas mientras observo a la gente que me rodea, entrando y saliendo por las puertas de cristal de las salas de reuniones, como extras de la serie *Suits* contratados solo para hoy... para mí, para que me deleite mirándolos. Este lugar es un hervidero de actividad. Tengo la sensación de que, si entrara aquí a cualquier hora, cualquier día de la semana, esto sería lo que vería. Un sábado a medianoche o un domingo a las ocho de la mañana. Es un mundo fuera del tiempo, que tiene su propio horario.

Esto es lo que quiero, lo que siempre he querido. Estar en un lugar que no se detiene por nada, rodeada por el ritmo de la grandeza.

—¿Señorita Kohan? —Una joven se acerca a saludarme. Lleva un vestido tubo de Banana Republic, sin chaqueta. Es recepcionista, lo sé porque en Wachtell se exige a todos los abogados ir de traje—. Sígame.

—Muchas gracias.

Me acompaña por la oficina de planta abierta. Veo los despachos en pleno rendimiento. Cristal, madera y cromados. El cling, cling, cling del dinero. Me lleva hasta una sala de reuniones en la que hay una mesa de caoba con una jarra de agua y tres vasos, de lo que extraigo una información reveladora: serán dos las personas que me entrevisten, no solo una. Eso es bueno, por supuesto. Me lo sé de cabo a rabo. Casi podría dibujarles un plano de sus oficinas.

Dos minutos se convierten en cinco y luego, en diez. Hace mucho que se ha marchado la recepcionista. Estoy pensando en servirme un vaso de agua cuando la puerta se abre y entra Miles Aldridge, socio de Wachtell. Primero de su promoción en Harvard. *Yale Law Journal.* Y uno de los principales socios de Wachtell. Es una leyenda y ahora estamos los dos en la misma habitación. Inspiro profundamente.

—Señorita Kohan —me saluda—. Me alegro de que haya podido acudir a esta cita.

—Por supuesto, señor Aldridge. Es un placer conocerlo.

Me mira enarcando las cejas. Que conozca su identidad sin habérmela revelado le ha impresionado. Tres puntos.

—¿Nos sentamos? —Me indica un asiento y lo ocupo. Llena dos vasos de agua. El otro se queda donde estaba, intacto—. Bueno. Empecemos. Cuénteme cosas acerca de usted.

Reviso las respuestas que he practicado, perfeccionado y pulido durante los últimos días. Empiezo por Filadelfia. Mi padre era dueño de una tienda de iluminación. Yo no había cumplido aún diez años y ya lo ayudaba con los contratos en la oficina. Para ordenarlos y archivarlos a mi gusto tenía que leerlos por encima y me enamoré de la administración, de la forma en que aquel lenguaje, la verdad en palabras, era innegociable. Era como poesía, pero poesía con un resultado, poesía con un significado concreto, con valor procesal. Supe que quería dedicarme a eso. Estudié Derecho en Columbia y me gradué siendo la segunda de mi clase. Trabajé para el Distrito Sur de Nueva York antes de aceptar lo que siempre había sabido: que quería ser abogada corporativa. Quería practicar una abogacía de alto riesgo, dinámica, increíblemente competitiva y, sí, que me ofreciera la oportunidad de ganar mucho dinero.

«¿Por qué?»

Porque he nacido para eso, me he formado para eso y eso me ha traído hoy aquí, al lugar al que siempre he sabido que llegaría. Las puertas doradas. Su sede central.

Revisamos mi currículum punto por punto. Aldridge es sorprendentemente minucioso, lo cual me beneficia, porque me da más tiempo para enumerar mis logros. Me pregunta por qué creo que encajaría aquí, qué tipo de cultura de trabajo me atrae. Le digo que cuando he salido del ascensor y he visto todo ese movimiento imparable, todo ese bullicio frenético, me he sentido como en casa. No estoy exagerando y se da cuenta. Se ríe.

—Es frenético e imparable, como bien ha dicho —dice.

Enlazo las manos sobre la mesa.

—Puedo asegurarle que eso no será un problema —le respondo.

Entonces me hace la consabida pregunta, esa cuya respuesta siempre preparas porque siempre te la hacen.

—¿Dónde se ve dentro de cinco años?

Inspiro en profundidad y le respondo con seguridad. No solo por tener la respuesta ensayada como la tengo, sino porque lo que digo es cierto. Lo sé. Siempre lo he sabido.

Estaré trabajando aquí, en Wachtell, como asociada sénior. Seré la más solicitada en casos de fusiones y adquisiciones. Soy increíblemente minuciosa e increíblemente eficiente; soy como un cúter. Estaré lista para ser socia júnior.

—¿Y fuera del trabajo?

Me habré casado con David. Viviremos en Gramercy Park. Tendremos la cocina que tanto nos gusta y una mesa con espacio suficiente para dos ordenadores. Todos los veranos iremos a los Hamptons; a los Berkshires alguna que otra vez, los fines de semana. Si no estoy en el despacho, por supuesto.

Aldridge está satisfecho. Sé que he acertado. Un apretón de manos y la recepcionista vuelve a guiarme por entre los despachos hasta el ascensor que me devuelve otra vez al mundo de los mortales. El tercer vaso no era más que para despistarme. Buena jugada.

Después voy al centro, a Reformation, una tienda de ropa, una de mis preferidas del SoHo. Me he tomado el día libre y solo es la hora del almuerzo. Ahora que ha terminado la entrevista, puedo centrarme en esta noche, en lo que me espera.

Cuando David me ha dicho que había reservado mesa en el Rainbow Room, enseguida he sabido lo que eso significaba. Habíamos hablado de comprometernos. Sabía que sería este año, pero creía que me lo pediría en verano. Las vacaciones son una locura y en invierno es cuando David tiene más trabajo, pero sabe que me encanta la ciudad con la iluminación navideña, así que será esta noche.

—Bienvenida a Reformation —me saluda la dependienta. Viste pantalones negros anchos y un jersey blanco ajustado de cuello alto—. ¿En qué puedo ayudarla?

—Esta noche voy a prometerme y necesito algo que ponerme.

Tras un segundo de desconcierto, se le ilumina la cara.

—¡Qué emoción! —dice—. Echemos un vistazo. ¿Qué idea tiene?

Entro en el probador con vestidos tubo, faldas, vestidos de espalda descubierta y unos pantalones rojos de crepé con una camisola suelta a juego. Me pruebo primero el conjunto rojo; es perfecto. Llamativo, pero con clase. Serio, pero con un toque atrevido.

Me miro en el espejo. Extiendo la mano.

«Hoy —pienso—. Esta noche.»

2

El Rainbow Room está en el piso sesenta y cinco del 30 Rockefeller Plaza. Es uno de los restaurantes con las mejores vistas de Manhattan y desde sus magníficos ventanales y terrazas se ven el edificio Chrysler y el Empire State sobresalir en el *skyline* de Nueva York. David sabe lo mucho que me gustan las vistas. En una de nuestras primeras citas me llevó a un evento en lo alto del Museo Metropolitano de Arte. Exponían piezas de Richard Serra y, con el sol, las enormes esculturas de bronce parecían estar en llamas. De eso hace ya dos años, pero nunca olvidó lo mucho que me gustó.

El restaurante alberga eventos privados casi exclusivamente, pero está abierto entre semana para una clientela selecta. Como la de Tishman Speyer, donde trabaja David, empresa propietaria y administradora tanto del Rainbow Room como del edificio al que este corona y en el que los empleados tienen prioridad en las reservas, normalmente imposibles de conseguir, pero para algo así...

Me reúno con David en el SixtyFive, una coctelería anexa al restaurante. Las terrazas están cubiertas en esta época, de modo que, a pesar de la temperatura gélida del exterior, la clientela puede disfrutar de la espléndida vista.

Hemos decidido encontrarnos aquí con la excusa de que David «sale de la oficina». No estaba en casa cuando he vuelto para cambiarme, así que supongo que estaba haciendo recados de última hora o dando un paseo para calmar los nervios.

Lleva un traje azul marino, camisa blanca y corbata rosa y azul. En el Rainbow Room, por supuesto, exigen americana.

—Estás muy guapo —le digo.

Me quito el abrigo y se lo tiendo, dejando al descubierto mi conjunto rojo camión de bomberos. Es un color atrevido para mí. Silba.

—Y tú estás increíble —me responde. Le entrega el abrigo a un botones—. ¿Una copa?

Se toquetea la corbata. Claro, está nervioso, lo entiendo. Es adorable. Además, le suda la frente. Ha venido andando, seguro.

—Vale —acepto.

Vamos hacia la barra. Pedimos dos copas de champán. Brindamos.

David me mira fijamente.

—Por el futuro —digo.

Apura media copa de un trago.

—No puedo creer que no te lo haya preguntado —comenta. Se pasa el dorso de la mano por los labios—. ¿Cómo te ha ido?

—He dado en el clavo. —Dejo la copa en la barra con un gesto triunfal—. Francamente, le he regalado los oídos. No podría haber ido mejor. Me ha entrevistado Aldridge en persona.

—¿En serio? ¿Cuándo te dirán algo?

—Me ha dicho que el martes tendré una respuesta. Si

consigo el trabajo, empezaré después de las vacaciones.

David toma otro sorbo. Me da un apretón en la cintura.

—Estoy muy orgulloso de ti. Estás un paso más cerca.

El proyecto a cinco años vista que le he contado a Aldridge no es solo mío, es nuestro. Lo diseñamos cuando llevábamos seis meses saliendo, cuando ya estaba claro que lo nuestro iba en serio.

David dejaría la banca de inversión y empezaría a trabajar en un fondo de cobertura: más oportunidades para ganar grandes sumas de dinero, menos burocracia. Ni siquiera habíamos discutido sobre dónde queríamos vivir, los dos teníamos claro que sería en Gramercy. El resto había sido una negociación fluida. Nunca habíamos llegado a un callejón sin salida.

—¡Lo sé!

—Señor Rosen, su mesa está lista.

Detrás de nosotros, un hombre con frac blanco nos invita a seguirlo desde la barra hasta la sala de baile.

Yo solo había visto el Rainbow Room en las películas, pero es magnífico, el lugar perfecto para una petición de mano, desde luego.

Las mesas redondas están dispuestas de forma escalonada, en hileras, alrededor de la pista de baile circular, de cuyo techo pende una araña de cristal. La pista gira sobre sí misma en el centro de la sala. El comedor está adornado con los arreglos florales que han quedado de una boda. Impera un ambiente festivo del viejo mundo. Mujeres con pieles. Guantes. Diamantes. El aroma del cuero de calidad.

—¡Qué bonito! —susurro.

David me atrae hacia sí y me besa la mejilla.

—Estamos de celebración —dice.

Un camarero retira la silla para que me siente. Lo hago. Con una floritura, deposita una servilleta blanca en mi regazo.

La música melodiosa de Frank Sinatra flota en el aire. Un intérprete canta suavemente en un rincón.

—Esto es demasiado —digo. Me refiero a que es perfecto, lo ideal. Él lo sabe. Por eso es él.

No me considero precisamente una romántica, pero creo en el romanticismo, es decir, en recibir una llamada en lugar de un mensaje de texto para quedar, en las flores después del sexo y en que suene la música de Frank Sinatra para una pedida. En Nueva York y en diciembre.

Pedimos champán de nuevo, esta vez una botella. Por un momento se me encoje el corazón al pensar en lo que costará esta velada.

—No lo pienses. —David me lee el pensamiento. Me encanta eso de él. Siempre sabe lo que pienso porque siempre coincidimos.

Llegan las burbujas, frías y dulces y chispeantes. Nos tomamos la segunda copa.

—¿Bailamos? —me propone David.

En la pista, dos parejas se contonean al compás de *All the Way*:

> *Through the good or lean years, and for all*
> *the in-between years...*

De repente, se me ocurre que David pueda coger el micrófono. Que lo haga delante de todo el mundo. No es ostentoso por naturaleza, pero no le falta confianza ni teme hablar en público. La posibilidad me pone nerviosa. El anillo en el *soufflé* de chocolate y él arrodillado para que todos lo vean.

—¿Quieres bailar? ¿Tú?

David detesta bailar. En las bodas tengo que llevarlo a rastras a la pista. Dice que no tiene sentido del ritmo y no se equivoca, pero son tan pocos los que lo tienen que da igual. Todo vale excepto quedarse sentado.

—¿Por qué no? Ya que estamos aquí...

Me tiende la mano y la acepto. Mientras nos dirigimos a la pista empieza otra canción: *It Had to Be You*.

David me toma entre sus brazos. Las otras dos parejas, de más edad, sonríen con aprobación.

—Sabes que te quiero —me dice.

—Lo sé.

—Me refiero a que tendrías que saberlo mejor.

¿Es ahora? ¿Esto es lo que va a decir?

Sigue llevándome despacio por el borde de la pista giratoria. La canción termina. Unos cuantos clientes aplauden. Volvemos a la mesa. Estoy decepcionada de repente. ¿Me habré equivocado?

Pedimos la cena. Una ensalada. Langosta. Vino. El anillo no está en la pinza de la langosta ni sumergido en la copa de burdeos. Jugamos con la comida del plato con los hermosos tenedores de plata sin apenas probar bocado. A David, normalmente hablador, le cuesta concentrarse. Recoloca el vaso de agua con insistencia. «Hazlo —tengo ganas de decirle—. Responderé que sí.» A lo mejor tendría que escribírselo con los tomates cherry.

Por fin sirven el postre. *Soufflé* de chocolate, *crème brûlée*, pastel de merengue Pavlova. David ha pedido una ración de cada, pero no hay anillo encima de ninguno. Cuando levanto la vista, no está. No está porque se ha arrodillado al lado de mi silla, con un estuche en las manos.

—David...

Niega con la cabeza.

—Por una vez, no digas nada, ¿vale? Deja que haga esto.

A nuestro alrededor la gente murmura o guarda silencio. Desde las mesas más próximas nos enfocan con los móviles. Incluso bajan la música.

—David, la gente nos está mirando —le digo, pero estoy sonriendo. Por fin.

—Dannie, te quiero. Sé que ninguno de los dos es demasiado sentimental y que no te digo mucho estas cosas, pero quiero que sepas que, para mí, nuestra relación no forma solo parte de un plan. Te considero extraordinaria y quiero construir una vida contigo. No porque seamos iguales, sino porque encajamos y porque cuanto más tiempo pasa, menos capaz soy de imaginar mi vida sin ti.

—Sí —digo.

Sonríe.

—Me parece que tendrías que dejar que te lo pregunte.

Alguien cercano se echa a reír.

—Lo siento. Por favor, pídemelo.

—Danielle Ashley Kohan, ¿quieres casarte conmigo?

Abre el estuche. Contiene un diamante corte princesa con una piedra triangular a cada lado engarzados en una sencilla banda de platino. Es un diseño moderno, limpio, elegante. Es perfecto.

—Ahora ya puedes responderme —me dice.

—Sí —le digo—. Desde luego que sí.

Se levanta y me besa. Todo el mundo aplaude. Oigo

el sonido de los flashes, las exclamaciones y los deseos de felicidad de la clientela.

David saca el anillo del estuche y me lo pone. Se me atasca un poquito en el nudillo porque con el champán se me han hinchado las manos, pero superado el obstáculo me queda a la perfección, como si lo llevara desde siempre.

Se nos acerca un camarero con una botella de algún licor.

—Por cortesía del chef —nos dice—. ¡Felicidades!

David vuelve a sentarse. Me sujeta una mano. El anillo me fascina. Lo observo girando la mano a un lado y a otro a la luz de las velas.

—David, es magnífico —le digo.

Sonríe.

—Te queda muy bien.

—¿Lo has escogido tú?

—Bella me ayudó. Me daba miedo de que echara a perder la sorpresa. Ya la conoces, no sabe ocultarte nada.

Le aprieto la mano sonriendo. Tiene razón, pero no hace falta que se lo confirme. Así son las relaciones de pareja: no hace falta decirlo todo.

—No tenía ni la menor idea.

—Siento habértelo pedido delante de la gente —se disculpa, abarcando con un gesto el restaurante—. No he podido resistir la tentación. Este sitio lo estaba pidiendo a gritos.

—David. —Lo miro. Miro a mi futuro marido—. Que sepas que pasaría por diez pedidas públicas si eso significara casarme contigo

—No, no lo harías. Pero eres capaz de convencerme de cualquier cosa, y esa es una de las cosas que me encantan de ti.

Llegamos a casa dos horas después. Hambrientos y mareados por el champán y el vino, nos sentamos delante del ordenador y pedimos comida tailandesa en Spice Thai. Así somos nosotros. Nos hemos gastado setecientos dólares en una cena y al volver a casa, nos comemos un arroz frito de ocho dólares. No quiero que esto cambie, nunca.

Me apetece ponerme un chándal, como siempre, pero algo me dice que no lo haga, no esta noche, todavía no. Si fuera diferente, si fuese otra persona, Bella, por ejemplo, llevaría puesta lencería nueva. La habría comprado esta misma semana. Me pondría un sujetador y unas braguitas a juego y me apoyaría en el marco de la puerta. A la porra la comida tailandesa. Pero en ese caso seguramente no estaría comprometida con David.

No somos grandes bebedores, así que el champán y el vino se nos han subido a la cabeza a los dos. Me acerco al sofá. Apoyo los pies en el regazo de David. Me aprieta el arco del pie y me masajea los talones doloridos. Noto el zumbido del estómago subiéndoseme a la cabeza, hasta que se me cierran los ojos. Bostezo. Al cabo de un minuto, estoy dormida.

3

Me despierto poco a poco. ¿Cuánto tiempo he dormido? Me vuelvo hacia el reloj de la mesilla. Falta un minuto para las once de la noche. Estiro las piernas. ¿Me ha acostado David? El tacto de las sábanas es almidonado y fresco. Sopeso la idea de volver a cerrar los ojos y dormirme otra vez. Pero entonces me perdería esto, la noche de nuestro compromiso, así que me fuerzo a abrirlos. Todavía queda champán y tenemos que tener sexo. La noche en que te piden en matrimonio es obligado, ¿no? Bostezo, parpadeo, me incorporo en la cama y me quedo sin aliento porque no estoy en nuestra cama, ni siquiera en nuestro piso. Llevo un vestido de fiesta rojo con cuentas en el escote. Estoy en un lugar que me resulta por completo desconocido.

Diría que estoy soñando, peró no, no es un sueño. Noto las piernas y los brazos y el corazón desbocado en el pecho. ¿Me han secuestrado? Miro más atentamente a mi alrededor. No estoy en un *loft*. La cama que ocupo está entre dos ventanas que van del suelo al techo y que dan a... ¿Long Island? Me asomo, desesperada por encontrar algo que me sitúe, y veo el Empire State a lo lejos, recortado por encima del agua.

Estoy en Brooklyn, pero ¿dónde? Veo Nueva York al otro lado del río y, a la derecha, el puente de Manhattan. Por lo tanto, estoy en Dumbo; tiene que ser eso. ¿Me habrá llevado David a un hotel? Enfrente hay un edificio de ladrillo rojo con una puerta de almacén marrón. En su interior celebran una fiesta. Distingo los flashes de las cámaras. Una boda, tal vez.

El piso no es enorme, pero da la sensación de ser espacioso. Hay dos sillas de terciopelo azul frente a una mesa baja de cristal y acero, una cómoda naranja al pie de la cama y alfombras persas de colores que transforman el espacio abierto en acogedor, incluso parece un poco abarrotado. Las tuberías están a la vista. Veo vigas de madera y una lámina en la pared, una tabla optométrica que reza: «ERA JOVEN, NECESITABA EL DINERO».

¿Dónde demonios estoy?

Lo oigo antes de verlo.

—¿Estás despierta? —me pregunta, levantando la voz.

Me quedo petrificada. ¿Debería esconderme? ¿Debería huir? Distingo una gran puerta de acero al fondo, de donde procede la voz. Si echo a correr, podría abrirla antes de que...

Sale de lo que debe de ser la cocina. Lleva un pantalón de traje negro y una camisa de rayas azules y blancas con el cuello desabrochado.

Abro los ojos como platos. Estoy a punto de gritar; debería hacerlo.

El desconocido trajeado se me acerca y salto hacia el otro lado de la cama, hacia las ventanas.

—¡Eh! ¿Estás bien? —me dice.

—No, no lo estoy.

Suspira. Mi respuesta no lo sorprende por lo visto.

—Te has quedado dormida. —Se pasa la mano por la cara. Veo que tiene una cicatriz torcida encima del ojo izquierdo.

—¿Qué haces aquí? —He retrocedido tanto que estoy casi pegada a las ventanas.

—Vamos —dice.

—¿Me conoces?

Apoya una rodilla en el colchón.

—Dannie, ¿me lo preguntas en serio?

Sabe cómo me llamo. Y lo ha dicho de un modo que me impulsa a parar y tomar aliento. Lo ha dicho como si ya lo hubiera dicho otras veces.

—No lo sé. No sé dónde estoy —le respondo.

—Ha sido una gran noche, ¿no? —comenta.

Me miro el vestido. Por primera vez me doy cuenta de que ya lo tenía. Lo compré con mi madre y con Bella un día que fuimos de compras, hace tres años. Bella tiene el mismo en blanco.

—Sí —digo mecánicamente. Como si lo supiera. Como si hubiera estado presente. ¿Qué está pasando?

Entonces veo el televisor. Ha estado encendido desde el principio, con el volumen bajo, colgado en la pared hacia la que se orienta la cama. Están echando las noticias. En la pantalla hay un rótulo con la fecha y la hora: 15 de diciembre de 2025. Un locutor vestido con un traje azul comenta el tiempo, con una nube que pronostica nieve a su espalda. No puedo respirar.

—¿Qué? —me dice—. ¿Quieres que la apague?

Niego con la cabeza, sin pensarlo, y lo observo acercarse a la mesa baja para coger el mando a distancia. Mientras lo hace, se desabrocha la camisa.

—«Alerta naranja en la Costa Este, una tormenta de

nieve se dirige hacia nosotros. Posibilidad de acumulación de hasta dos metros de espesor durante la noche y de manera continuada hasta el martes.»

2025. Es imposible. Claro que es imposible. Cinco años...

Tiene que ser una broma. Bella. Cuando éramos pequeñas solía gastarme bromas así cada dos por tres. Una vez, el día que cumplí once años, se las arregló para meter un poni en el patio trasero de mi casa sin que mis padres se enteraran. Cuando nos dimos cuenta, estaba jugando a ver quién era más valiente con el columpio. Pero ni siquiera Bella podría conseguir que pusieran una hora y una fecha falsas en televisión. ¿Podría? ¿Y quién es este tío? ¡Dios mío, David!

El tío se vuelve hacia mí.

—¿Tienes hambre? —me dice.

En respuesta a su pregunta me ruge el estómago. Casi no he probado bocado durante la cena y, esté donde esté, en un universo paralelo con David, la comida tailandesa seguro que no ha llegado todavía.

—No.

Ladea la cabeza.

—El ruido de tu estómago dice lo contrario.

—No tengo hambre —insisto—. Solo necesito...

—Comer un poco —termina la frase por mí. Sonríe.

Me pregunto si las ventanas se abren mucho.

Rodeo despacio la cama.

—¿Quieres cambiarte antes? —me pregunta.

—No... —empiezo a decir, pero no sé cómo terminar, porque no sé dónde estamos. ¿Dónde está la ropa?

Lo sigo y entramos en un vestidor contiguo al dormitorio. Hay hileras de bolsos y de zapatos y las prendas están colgadas por colores. Lo sé de inmediato. Es mi armario. Así que también es mi piso. Vivo aquí.

—Me mudé a Dumbo... —se me escapa.

Él ríe antes de abrir un cajón del centro del armario y sacar unos pantalones de chándal y una camiseta. El corazón se me para. Son suyos. También vive aquí. Estamos juntos.

«David.»

Retrocedo y corro hacia el baño. Está a la izquierda del salón. Cierro la puerta y echo el cerrojo. Me refresco la cara.

«Piensa, Dannie.»

En el baño están todos los productos que a mí me encantan. Crema corporal Abba y champú con esencia de árbol del té. Me aplico un poco de sérum MyChelle en la cara. Siento el consuelo de la familiaridad de su aroma.

Detrás de la puerta está colgado el albornoz con mis iniciales, el que tengo desde siempre. También hay unos pantalones de pijama negros con cierre de cordón y una vieja sudadera de la Universidad de Columbia. Me desvisto y me los pongo. Me aplico un poco de aceite de rosas en los labios y abro la puerta.

—¡Hoy para cenar tenemos pasta... o pasta! —me dice desde la cocina.

Lo primero es lo primero. Tengo que enterarme de cómo se llama.

Su cartera.

David y yo compartimos los gastos en una proporción del sesenta y el cuarenta por ciento en función de nuestros respectivos ingresos. Lo decidimos cuando empezamos a vivir juntos y hemos seguido igual hasta ahora. Solo cogí su cartera el día que se cortó con un cuchillo nuevo, para sacar su tarjeta del seguro.

—Pasta está bien —le digo.

Vuelvo junto a la cama. Sus pantalones están sobre una silla, rozando el suelo. Miro hacia la cocina mientras palpo los bolsillos. Saco una cartera de piel vieja, de marca indistinguible. La abro.

Él está concentrado llenando de agua una olla.

Saco dos tarjetas. Una es de la tintorería; la otra, una tarjeta para fichar de Stumptown. Encuentro el permiso de conducir. Es del estado de Nueva York. Aaron Gregory, treinta y tres años. Mide un metro ochenta y dos y tiene los ojos verdes.

Lo devuelvo todo a su sitio.

—¿Quieres salsa de tomate o pesto? —me pregunta desde la cocina.

—¿Aaron? —aventuro.

Sonríe.

—¿Sí?

—Pesto —elijo.

Voy hasta la cocina. Estamos en el año 2025, mi novio es un completo desconocido para mí y vivo en Brooklyn.

—A mí también me apetece pesto.

Me siento a la barra. Los taburetes, de madera de cerezo y con el respaldo de malla de alambre, ni me suenan ni me gustan particularmente.

Observo a Aaron. Rubio, de ojos verdes, con una mandíbula propia de un superhéroe de Marvel. Está cañón. Demasiado para mí, francamente; y está claro, tanto por su aspecto como por su nombre, que no es judío.

Se me encoge el estómago. ¿Esto es lo que me espera

dentro de cinco años? ¿Vivir con un adonis en un *loft* de artista? Dios mío. ¿Lo sabe mi madre?

El agua hierve y Aaron pone a cocer la pasta. La vaharada de vapor lo obliga a retroceder y secarse la frente.

—¿Sigo siendo abogada? —le pregunto de pronto.

Me mira y se ríe.

—Claro que sí. ¿Un poco de vino?

Asiento, suspirando de alivio. Al menos, algo ha seguido el rumbo correcto, aunque no sea todo. Es un principio. Solo tengo que localizar a David, enterarme de qué ha pasado y manos a la obra. Sigo siendo abogada. Aleluya.

Cuando los espaguetis están en su punto, Aaron los cuela y los devuelve a la olla con el pesto y el queso parmesano. De repente, estoy muerta de hambre y en lo único que puedo pensar es en la comida.

Aaron saca dos copas de una alacena. Se mueve con soltura por la cocina. Mi cocina. Nuestra cocina.

Me sirve un tinto y me lo pasa desde el otro lado de la barra. Es fuerte, intenso. Un brunello, tal vez. No es un vino que yo suela comprar.

—La cena está servida.

Aaron me da un cuenco enorme y humeante de espaguetis con pesto. Antes de que le dé tiempo a rodear la barra ya me he llevado el tenedor a la boca. Mientras mastico, se me ocurre que esto puede ser un experimento científico del gobierno y que quizá me esté envenenando, pero estoy demasiado famélica para dejar de comer.

La pasta está deliciosa, calentita y salada, y no levanto la mirada durante los siguientes cinco minutos. Cuando lo hago, él me está mirando.

Me limpio los labios con la servilleta.

—Perdona —le digo—. Tengo tanta hambre como si llevara cinco años sin probar bocado.

Asiente y aparta su plato.

—Pues ahora tenemos dos opciones. Podemos emborracharnos o podemos emborracharnos jugando al Scattergories.

Me encantan los juegos de mesa y, por supuesto, él lo sabe. David es más de jugar a las cartas. Me enseñó a jugar al *bridge* y al Rummy. Considera que los juegos de mesa son infantiles y que, si jugamos, ha de ser a algo que refuerce las redes neuronales, como el *bridge* y el Rummy.

—Emborracharnos —digo.

Aaron me aprieta afectuosamente el brazo. Todavía puedo sentir su mano cuando me suelta. Aquí pasa algo raro. Una atracción extraña. Una emoción que se expande por la habitación hasta llenar cada rincón.

Aaron llena las copas hasta arriba. Dejamos los platos en la barra. ¿Y ahora qué? Caigo de pronto en la cuenta de que querrá que nos acostemos. Este novio que tengo querrá tocarme. Lo presiento.

Voy directa hacia una de las sillas de terciopelo azul y me siento. Me mira de reojo. ¡Uf!

De pronto se me ocurre una cosa y siento pánico. Me miro la mano. Llevo un anillo de compromiso en el dedo anular. Es un solitario rodeado de piedrecitas, *vintage* y extravagante, no el anillo que David me ha dado esta noche. Yo nunca lo habría elegido. Sin embargo, aquí está, en mi dedo.

«Mierda. Mierda. Mierda. Mierda.»

Me levanto de golpe. Camino por el piso. ¿Debería

irme? ¿Adónde voy a ir? ¿A mi casa de antes? A lo mejor David sigue allí. Pero ¿qué posibilidades hay de que así sea? Seguramente vive en Gramercy con una esposa que no ha perdido la cabeza como yo.

Tal vez, si le digo lo que está pasando, sepa cómo solucionarlo. Me perdonará por lo que sea que haya hecho para que hayamos llegado a este punto, conmigo en este piso con un desconocido y él al otro lado del puente. Se le da mejor que a nadie resolver problemas. Lo arreglará.

Voy hacia la puerta. Tengo que salir de aquí para escapar de cualquiera que sea este sentimiento que está inundando esta sala. ¿Dónde guardo los abrigos?

—¡Eh! —dice Aaron—. ¿Adónde vas?

Piensa rápido.

—Al *deli* —le digo.

—¿Al *deli*?

Aaron se me acerca y me sujeta la cara entre sus manos. Las noto frías contra las mejillas y por un momento la temperatura cambia y su gesto me sorprende y hago un amago de retroceder, pero él no me suelta.

—Quédate. Por favor, no te vayas ahora.

Me mira con los ojos acuosos, muy abiertos. Así que este es el poder que tiene este hombre sobre mí. Este sentimiento que me resulta nuevo y conocido al mismo tiempo. Un sentimiento denso que nos envuelve. A pesar de mí misma, quiero quedarme.

—De acuerdo —susurro. Porque su piel sigue sobre la mía y sus ojos siguen mirándome y, aunque no entiendo por qué me he comprometido a pasar la vida con este hombre, sé que en la cama que compartimos no falta la acción, porque esto es algo grande. Me reverbera en el cuerpo, como una especie de maremoto. Fuera, el cielo gira.

Me lleva de la mano hasta la cama y yo lo sigo. Empiezo a notar la languidez que me causa el vino. Quiero tumbarme.

Me siento en el borde de la cama.

—Cinco años... —susurro.

Aaron me mira y se recuesta en las almohadas.

—Eh —me dice—. ¿Vienes?

Es una pregunta retórica, en realidad, porque solo cabe una respuesta.

Me espera con los brazos abiertos y me dejo caer. Me siento como una marioneta arrastrada por los hilos hacia él, sin control.

«Dios mío, ayúdame.» Estoy permitiendo que me abrace. Tira de mí y noto su aliento cálido en la mejilla.

Se aproxima. Ya está, va a besarme. ¿Dejaré que lo haga? Pienso en eso y en David y en los brazos musculosos de Aaron. Antes de que pueda sopesar los pros y los contras y tomar una decisión, sus labios tocan los míos. Aterrizan con suavidad y los mantiene posados con delicadeza, como si me dejara acostumbrarme a él antes de abrirme la boca con la lengua, despacio.

«Oh, Dios mío.»

Me derrito. Nunca había sentido nada parecido. Ni con David, ni con Ben, el otro único chico con el que estuve saliendo en serio; ni siquiera con Anthony, con quien tuve una aventura en Florencia. Esto es completamente diferente. Me besa y me toca como si estuviera dentro de mi cabeza. Pero estoy en el futuro, así que a lo mejor lo está.

—¿Seguro que estás bien? —me dice.

Me limito a apretarme contra él.

Desliza las manos bajo mi sudadera y antes de que me dé cuenta me la ha quitado. El aire frío me da en la espalda desnuda. ¿No llevo sujetador? No. No llevo sujetador. Se inclina y me besa un pezón.

Esto es una locura. Estoy loca. He perdido la cabeza. Es tan agradable...

El resto de la ropa desaparece. Desde algún lugar, desde otra estratosfera, me llega el sonido del claxon de un coche, el traqueteo de un tren. La ciudad sigue su curso.

Me besa con más pasión. Los dos nos tumbamos con prisa. Es una sensación increíble. Recorre con su mano la curva de mi vientre, con la boca pegada a mi cuello. Hasta hoy nunca había tenido un rollo de una noche. Esto tiene que contar, ¿no? Nos hemos conocido hace apenas una hora y estamos a punto de hacer el amor.

Estoy deseando contárselo a Bella. Le va a encantar. Pero ¿y si no regreso nunca? ¿Y si este tío no es un desconocido sino mi actual prometido y ni siquiera puedo compartir los detalles de esta locura y...? Desciende con el pulgar hasta el pliegue de mi cadera y toda idea de tiempo y espacio se escapa por la ventana ligeramente abierta.

—Aaron —le digo.

—Sí.

Se me pone encima y le toco los músculos de la espalda, los huesos, es como un territorio nudoso y duro y pacífico. Me arqueo para pegarme a este desconocido al que, sin embargo, siento como algo del todo diferente. Toma mi cara entre sus manos y luego me recorre el cuello con ellas y me rodea las costillas. Explora mi boca con la suya, impaciente. Mis dedos aprietan sus hombros. Poco a poco, y después de golpe, olvido dónde estoy. Solo soy consciente de los brazos de Aaron, que me abrazan fuerte.

4

Me despierto sobresaltada, jadeando.

—¡Eh! —me dice una voz familiar—. Te has despertado.

Veo a David junto a mí, de pie, con un cuenco de palomitas. También sostiene una botella de agua... y no el vino que acabo de tomarme. ¿Acabo de tomármelo? Me miro. Sigo vestida con el conjunto rojo de Reformation. ¿Qué demonios me acaba de pasar?

Me siento con esfuerzo. Vuelvo a estar en mi sofá. David lleva la sudadera del torneo del equipo de ajedrez y un pantalón de chándal negro. Estamos en nuestro piso.

—Creía que estabas fuera de combate —me dice— y que te perderías nuestra gran noche. Sabía que la segunda botella nos sentaría mal. Yo ya me he tomado dos pastillas de ibuprofeno, ¿quieres una? —Deja las palomitas y el agua y se inclina para besarme—. ¿Llamamos a nuestros padres ahora o mañana? Sabes que se lo están perdiendo. Se lo dije a todos de antemano.

Analizo lo que me dice. Estoy pasmada. Tiene que haber sido un sueño, pero... ¿cómo es posible? Hace tres minutos estaba en la cama con un tal Aaron. Nos besábamos y me acariciaba y hacíamos el amor como nunca lo había hecho en mi vida. Soñaba que me acostaba con un desconocido. Tengo que tocarme para confirmar que soy real. Cruzo los brazos sobre el pecho.

—¿Estás bien? —inquiere David.

Se ha puesto serio y me mira atentamente.

—¿Cuánto he dormido? —le pregunto.

—Más o menos una hora. —Algo se le pasa por la cabeza. Se acerca a mí. Su proximidad se me antoja una intrusión—. Eh... Mira, vas a conseguir el trabajo. Ya sé que estás nerviosa por eso y a lo mejor han sido demasiadas cosas en un solo día, pero seguro que te contratan. Eres la candidata ideal, Dannie.

Me dan ganas de preguntarle: «¿Qué trabajo?».

—Han traído la comida —dice volviendo a sentarse—. La he metido en la nevera. Voy a servirla.

Niego con la cabeza.

—No tengo hambre.

David me mira con incredulidad.

—¿Cómo es posible? Hace una hora decías que te morías de hambre. —Se levanta y va a la cocina, ignorándome. Abre la nevera y saca los envases. Fideos tailandeses, pollo al curry, arroz frito—. Todo lo que te gusta —me dice—. ¿Lo quieres frío o lo caliento?

—Frío. —Me envuelvo con la manta.

David vuelve haciendo equilibrios con los envases sobre unos platos. Les va quitando la tapa. Huelo las especias agridulces y fuertes.

—He tenido un sueño de lo más raro —le digo. A lo mejor si hablo de ello, si lo suelto todo, le encuentro el sentido—. No me lo saco de la cabeza. ¿He hablado en sueños?

David se sirve fideos en el plato y coge un tenedor.

—No. Creo que no. Pero me he dado una ducha. A lo mejor mientras... —Se lleva a la boca el tenedor cargado de fideos tailandeses y mastica. Unos cuantos fideos sueltos caen al suelo—. ¿Una pesadilla?

Pienso en Aaron.

—No. Bueno, no exactamente.

David traga.

—Dios mío. Tu madre ha llamado dos veces. No sé cuánto tiempo podremos contenerla. —Deja el tenedor y me rodea con sus brazos—. Pero esta noche tengo planes para nosotros dos solos.

Los ojos se me van a la mano. Vuelvo a llevar el anillo que corresponde en el dedo. Suspiro.

Mi móvil suena.

—Bella otra vez —dice David con cierto fastidio.

Me levanto del sofá, cojo el móvil y voy al dormitorio.

—¡Pongo las noticias! —me avisa David.

Cierro la puerta y contesto la llamada.

—Bells.

—¡He esperado despierta! —Está en un sitio ruidoso. Se oyen muchas voces. Está de fiesta. Ríe y su voz suena como una cascada de música—. Te has prometido. ¡Enhorabuena! ¿Te gusta el anillo? ¡Cuéntamelo todo!

—¿Sigues en París?

—¡Sí!

—¿Cuándo vuelves?

—No estoy segura. Jacques quiere pasar unos días en Cerdeña.

Ah, Jacques. Jacques vuelve a estar presente. Si Bella se despertara en el futuro, dentro de cinco años, ni siquiera pestañearía.

—¿En diciembre?

—Supongo que estará tranquilo y será romántico.

—Pensaba que te ibas a la Costa Azul con Renaldo.

—Bueno, se largó y Jacques me escribió un mensaje diciendo que estaba en la ciudad y... *voilà*. ¡Cambio de planes!

Me siento en la cama y miro la habitación. Las sillas grises que compré con mi primer sueldo de Clarknell, la cómoda de caoba de segunda mano de casa de mis padres. Las lamparitas de baquelita que se trajo David de su piso de soltero de Turtle Bay.

Recuerdo la extensión del *loft* de Dumbo. Las sillas de terciopelo azul.

—Oye —le digo—. Tengo que contarte una cosa de locos.

—¡Cuéntamelo todo! —grita por el auricular. Me la imagino dando vueltas en una pista de baile, en la terraza de un hotel de París, con Jacques agarrándola por la cintura.

—No sé bien cómo explicarlo. Me he quedado dormida, pero no estaba soñando. Te juro que estaba en ese piso y que ese tío estaba allí. Era muy real. Como si realmente estuviera allí. ¿Alguna vez te ha pasado algo parecido?

—No, cielo. ¡Nos vamos al Marais!

—¿Qué?

—Perdona. Estamos hambrientos y casi es de día. Llevamos una eternidad de fiesta. Pero espera, ¿ha sido como un sueño? ¿Te lo ha pedido en la terraza o en el restaurante? —Oigo una explosión de sonido y luego una puerta que se cierra, una vuelta al silencio.

—Oh... En el restaurante. Te lo contaré todo cuando vuelvas.

—Estoy aquí. Te escucho —me asegura.

—No lo estás —le digo sonriendo—. Cuídate, ¿vale? —Puedo verla poner los ojos en blanco.

—¿Sabes que los franceses no tienen ninguna expresión semejante?

—Eso no es ni cierto —la contradigo—. *Beaucoup* —le suelto. Es una de las pocas palabras que sé en francés.

—Aun así —me dice—. Espero que te diviertas más.

—Me estoy divirtiendo —le aseguro.

—Déjame adivinar. David está viendo CNN Live y tú te has puesto una mascarilla facial. ¡Acabáis de prometeros!

Me toco la mejilla.

—Llevo la piel limpia.

—¿Cómo te ha ido la entrevista de trabajo? No me he olvidado, solo se me ha pasado preguntarte.

—Muy bien, la verdad. Creo que lo he conseguido.

—Pues claro. Tendría que abrirse una brecha en el universo para que no lo consiguieras, y no sé si es científicamente posible.

Se me encoge el estómago.

—Un *brunch* con alcohol cuando vuelva —me dice. La puerta se abre de nuevo y oigo otra vez el barullo por el auricular. Besa dos veces a alguien.

—Sabes que detesto los desayunos fuertes.

—Pero me quieres. —Bella cuelga en medio de un torbellino de ruido.

David entra en el dormitorio con el pelo revuelto. Se quita las gafas y se frota el puente de la nariz.

—¿Cansada? —me pregunta.

—No demasiado.

—Ya, yo tampoco. —Se echa en la cama y me busca.

Pero no puedo. Ahora no.

—Voy a beber agua —me excuso—. Demasiado champán. ¿Tú quieres un poco?

—Vale. —Bosteza—. Apaga la luz, por favor.

Me levanto y pulso el interruptor. Regreso al salón pero, en lugar de servirme un vaso de agua, me asomo a la ventana. El televisor está apagado y todo está oscuro, pero la calle está inundada de luz. Miro hacia abajo. En la Tercera Avenida sigue la actividad incluso a estas horas, cuando ya es más de medianoche. Fuera hay gente riendo y gritando. Van hacia los bares a los que íbamos cuando éramos jóvenes: el Joshua Tree, el Mercury. Bailarán hasta bien entrada la madrugada música de los años noventa que son demasiado jóvenes para conocer. Me quedo así un buen rato. Tengo la sensación de que pasan horas. El ruido de la calle desciende a un susurro neoyorquino. Cuando vuelvo al dormitorio, David se ha dormido.

5

Conseguí el trabajo, claro. Me llamaron al cabo de una semana para ofrecérmelo por un poco menos de lo que cobraba. Lo discutí con ellos, pero el 8 de enero entregué mi carta de dimisión con las dos semanas de antelación de rigor. David y yo nos mudamos a Gramercy casi exactamente un año después, día más día menos. Encontramos un piso en alquiler sin amueblar en el edificio que siempre nos había gustado.

—Nos quedaremos hasta que aparezca algo para comprar —me dijo David.

Al cabo de otro año tuvimos opción de comprar y compramos.

David empezó a trabajar en un fondo de cobertura que puso en marcha su antiguo jefe en Tishman. A mí me ascendieron a socia sénior.

Pasan cuatro años y medio. Inviernos y otoños y veranos. Todo va según el plan. Todo. Menos que David y yo no nos hemos casado. Nunca fijamos la fecha para la boda. Decimos que estamos demasiado ocupados, y así es. Decimos que no es necesario hasta que queramos tener hijos. Decimos que queremos viajar. Decimos que lo haremos cuando sea oportuno, pero nunca lo es.

Un año su padre tuvo problemas de corazón y lo dejamos para el siguiente. Siempre hay algún motivo, algún buen motivo, sí, pero ninguno es el verdadero porqué. La verdad es que cada vez que se acerca el momento pienso en aquella noche, en aquella hora, en aquel sueño, en aquel hombre, y su recuerdo me detiene antes de empezar.

Después de aquella noche, me sometí a terapia. No podía dejar de pensar en esa hora. El recuerdo era tan real como si lo hubiera vivido. Tenía la sensación de que me estaba volviendo loca, no quería hablar de eso con nadie, ni siquiera con Bella. ¿Qué podía decir? ¿Me desperté en el futuro y me acosté con un desconocido? Lo peor es que Bella seguramente me habría creído. Se supone que los terapeutas te ayudan a entender qué locura te ronda por la cabeza y luego a librarte de ella. Por eso a la semana siguiente fui a ver a una del Upper West Side que tenía muy buenas referencias. En Nueva York, los mejores psiquiatras están en el Upper West Side, sin excepción. La consulta era luminosa y agradable, un poco aséptica, con una planta enorme. No supe si era artificial o no. Nunca la toqué. Estaba al otro lado del sofá, detrás de su sillón, y me habría resultado imposible llegar a ella.

Doctora Christine. Una de esas profesionales que usan el nombre de pila junto al título para parecer más cercanas. Ella no lo era. Llevaba ropa holgada de Eileen Fisher, de lino, seda y algodón hilado, tanto que no tenía ni idea de qué tipo tenía. Tenía sesenta años, tal vez.

—¿Qué te trae por aquí? —me preguntó.

Yo ya había ido a terapia una vez, tras la muerte de mi hermano. Un fatal accidente causado por la bebida, hace quince años, había llevado a la policía a mi casa a la 1.37 de la madrugada. Él no conducía. Ocupaba el asiento del acompañante. Lo primero que oí fueron los gritos de mi madre.

Mi terapeuta me había hecho hablarle de él, de nuestra relación, y luego dibujar cómo pensaba que había sido el accidente, algo paternalista para una niña de doce años. Fui un mes, tal vez más. No recuerdo mucho, excepto que después de las sesiones mi madre y yo parábamos a tomar un helado, como si tuviera siete años en lugar de casi trece. A menudo yo no quería, pero siempre me servían dos cucharadas de helado de menta con trocitos de chocolate. Me parecía importante seguirle el juego entonces y siguió pareciéndomelo durante mucho tiempo.

—He tenido un sueño raro —le dije—. Es decir, me ha pasado una cosa rara.

Asintió. La seda resbaló.

—¿Quieres contármelo?

Lo hice. Le conté que David y yo nos habíamos prometido y que había bebido mucho champán, que me había quedado dormida y me había despertado en el año 2025, en un piso desconocido y con un hombre al que no había visto nunca. Omití que me había acostado con él.

Cuando terminé, estuvo un buen rato observándome. Consiguió que me sintiera incómoda.

—Háblame de tu prometido.

Sentí alivio. Sabía lo que pretendía. Yo no estaba segura de mi relación con David y por lo tanto mi subconsciente proyectaba una especie de realidad alternativa en la que no estaba sometida a la presión del compromiso que acababa de asumir.

—Es estupendo —le dije—. Llevamos juntos más de

dos años. Es muy resuelto y amable. Es un buen partido.

La doctora Christine sonrió.

—Maravilloso. ¿Qué crees que diría él de la experiencia que acabas de describirme?

No se lo había contado a David. No podía, evidentemente. ¿Qué iba a decirle? Me habría tomado por loca, y con toda la razón.

—Diría que fue un sueño y que estoy estresada por culpa del trabajo.

—¿Y estaría en lo cierto?

—No lo sé. Por eso he venido.

—A mí me parece que no estás dispuesta a aceptar que fue solo un sueño, pero que no estás segura de lo que significa si no lo fue.

—¿Qué otra cosa pudo ser? —En realidad quería saber a dónde quería llegar con aquello.

Se arrellanó en el sillón.

—Tal vez una premonición. Un viaje psicosomático.

—En otras palabras, un sueño.

Se rio. Tenía una bonita sonrisa. La seda se deslizó de nuevo.

—A veces suceden cosas inexplicables.

—¿Como cuáles?

Me miró. Nos habíamos quedado sin tiempo.

Curiosamente, después de la sesión me sentí mejor. Era como si en la consulta hubiera conseguido ver el asunto como lo que era: una locura. Había dejado el inquietante sueño en manos de Christine. Ahora era problema suyo, no mío. Podía archivarlo con los divorcios, las incompatibilidades sexuales y los problemas de las madres a las que trataba. Y allí se quedó durante cuatro años y medio.

6

Hoy es un sábado de junio y voy a encontrarme con Bella para almorzar. Llevamos casi dos meses sin vernos, nunca habíamos estado tanto tiempo separadas, ni siquiera durante su estancia de seis semanas en Londres, en 2015, cuando se «mudó» a Notting Hill para pintar. Yo he estado hasta arriba de trabajo. El trabajo es estupendo, e inabarcable. Duro no, inabarcable. Cada día equivale a una semana. Siempre voy con retraso. Veo a David unos cinco minutos al día, cuando uno de los dos despierta adormilado al otro. Al menos tenemos el mismo horario. Ambos trabajamos para conseguir la vida que queremos, y la tendremos. Gracias a Dios nos entendemos. Está lloviendo. Ha sido una primavera húmeda esta de 2025, así que no es raro, pero encargué unos vestidos nuevos y quería ponerme uno. Bella siempre dice que mi estilo es conservador, porque el noventa por ciento de las veces llevo traje de chaqueta, y había pensado sorprenderla con algo inesperado. No ha habido suerte. Me he puesto unos tejanos, una camiseta blanca Madewell, la gabardina Burberry y botines de agua. La temperatura es de dieciocho grados, suficiente para sudar si te abrigas y para helarte si no lo haces.

Hemos quedado en el Buvette, un pequeño café francés del West Village al que vamos desde hace años. Sirven los mejores huevos y el mejor *croque monsieur* del mundo. El café es fuerte y aromático. Ahora mismo necesito un litro.

Además, es uno de los sitios preferidos de Bella. Conoce a todos los empleados.

Cuando teníamos veinte años, iba allí a dibujar.

Como no quiero llegar tarde, al final cojo un taxi, a pesar de que sé que invariablemente Bella aparece quince o veinte minutos tarde vaya a donde vaya. Pero cuando llego me la encuentro esperando, sentada junto al ventanal. Lleva un vestido largo estampado de flores con el dobladillo húmedo —barre con él el suelo porque solo mide un metro sesenta— y una chaqueta de terciopelo carmesí. La melena suelta le cae en mechones que parecen virutas de madera. Es preciosa; cada vez que la veo recuerdo cuánto.

—Esto sí que es nuevo —le digo—. Te me has adelantado.

Se encoge de hombros y los tirabuzones dorados rebotan contra con el cuello.

—Me moría por verte. —Se levanta y me abraza fuerte. Su olor es el de siempre, a árbol del té y lavanda con un toque de canela.

—Estoy empapada —la aviso sin soltarla. Es agradable—. Yo también te echaba de menos.

Dejo el paraguas debajo de la silla y la gabardina en el respaldo. Dentro del café hace más frío de lo que esperaba. Me froto las manos.

—Estás mayor —me dice.

—Caramba, gracias.

—Ya sabes a qué me refiero. ¿Un café?

Asiento en silencio.

Le enseña la taza al camarero. Bella viene aquí con mucha más frecuencia que yo. Vive a tres manzanas, en la esquina de Bleecker con Charles, en un piso que su padre le compró hace dos años y que abarca una planta entera de un edificio de arenisca. Tiene tres habitaciones y está decorado con profusión de colores, con un estilo bohemio que sin parecer estudiado resulta espléndido.

—¿Dónde está Dave esta mañana? —inquiere.

—En el gimnasio —digo desplegando la servilleta.

—¿En el gimnasio?

Me encojo de hombros.

—Eso me ha dicho.

Bella está a punto de decir algo, pero cierra la boca. Le gusta David, o eso creo. Sospecho que preferiría que estuviera con un hombre más intrépido, uno que me sacara de mi zona de confort, pero lo que no entiende, o lo que ignora porque le conviene, es que ella y yo no somos iguales. David es la persona adecuada para mí y para lo que deseo en la vida.

—Bueno —cambio de tema—, cuéntame algo. ¿Qué tal el trabajo en la galería? ¿Qué tal Europa?

Hace cinco años, Bella expuso su obra en una pequeña galería de Chelsea, la Oliander. Lo vendió todo, así que volvió a exponer. Hace dos, Oliander, la dueña, quería vender la galería y se puso en contacto con ella. Bella invirtió su fideicomiso en la compra. Desde entonces, pinta menos, pero me gusta que tenga una cierta estabilidad. La galería le impide desaparecer, por lo menos durante semanas enteras.

—Hemos vendido prácticamente toda la exposición de Depreche. Me da pena que te la hayas perdido. Era espectacular. Mi preferida de lejos. —Bella dice lo mismo de todos los artistas que exponen en su galería. Todos son el mejor, el más grande, el más divertido que ha conocido. La vida es una escalera mecánica en ascenso—. El negocio va tan bien que me planteo contratar a otra Chloe.

Chloe es su secretaria desde hace tres años. Se ocupa de la logística de Oliander. Ha besado a Bella dos veces, lo que no parece haber complicado su relación laboral.

—Deberías.

—Así tendría tiempo para esculpir o pintar otra vez. Hace meses que no lo hago.

—A veces hay que sacrificarse para hacer realidad un sueño.

Me sonríe de lado. Me sirven el café. Le añado un poco de nata y tomo un sorbo lento y estimulante.

Cuando alzo la vista, todavía está sonriendo.

—¿Qué? —le digo.

—Nada. «Sacrificarse para hacer realidad un sueño», dices. ¿Quién habla así?

—Los dueños de los negocios, los jefes de las empresas, los directores ejecutivos.

Bella pone los ojos en blanco.

—¿Cuándo te has vuelto así?

—¿Acaso he sido diferente alguna vez?

Bella se lleva la mano a la mejilla y me mira fijamente.

—No lo sé.

Sé a qué se refiere, pero nunca quiero hablar de ello. ¿Era distinta de pequeña, antes de la muerte de mi hermano? ¿Era espontánea, despreocupada? ¿Empecé a planificar mi vida para que nadie pudiera presentarse en mi puerta y arrojarla por un acantilado? Seguramente. Pero poco puedo hacer ya. Soy quien soy.

El camarero vuelve y Bella enarca las cejas en una pregunta muda: «¿Lista?».

—Pide tú —le digo.

Le habla en francés, señalando platos del menú y discutiéndolos con él. Me encanta oírla hablar en francés. Lo hace con mucha naturalidad y dinamismo. Trató de enseñarme una vez, cuando teníamos veintipocos años, pero no resultó. Dicen que los idiomas se les dan mejor a las personas con el hemisferio derecho dominante, pero no sé yo... Me parece que hace falta cierta soltura, cierta fluidez, para hablar otra lengua. Retener todas las palabras en el cerebro y darles la vuelta, una por una, como si fueran piedras, para encontrar algo más debajo.

En una ocasión pasamos cuatro días juntas en París. Teníamos veinticuatro años. Bella pasaba el verano allí asistiendo a clases de arte y enamorándose de un camarero del distrito catorce. Fui a verla. Nos quedamos en el piso de sus padres, en la Rue de Rivoli. Bella lo detestaba. «Es una zona turística», me dijo, aunque toda la ciudad parecía de los franceses y solo para ellos.

Nos pasamos los cuatro días callejeando. Cenábamos en los cafés de la periferia de Montmartre. De día nos paseábamos por las galerías del Marais. Fue un viaje mágico, sobre todo porque yo solo había salido de Estados Unidos para ir a Londres con mis padres y para mi peregrinaje anual a las islas Turcas y Caicos con David y sus padres. Aquello no era lo mismo. París era un lugar desconocido, ancestral, un mundo diferente. Y Bella encajaba a la perfección en él.

Podría haberme sentido ajena a esa chica, mi mejor amiga, a quien aquella ciudad lejana le sentaba como un guante. Pero no fue así; Bella me llevaba a todas partes. Siempre me arrastraba con la intención de que formara parte de esa vida suya tan extensa y abierta. ¿Cómo no iba a sentirme afortunada?

—Volviendo a lo que hablábamos —dice Bella cuando el camarero se va—. Creo que el sacrificio es lo opuesto a la manifestación. Si quieres alcanzar tus sueños, tienes que buscar la abundancia, no la escasez.

Tomo un sorbo de café. Bella vive en un mundo que no entiendo, lleno de frases y sentencias filosóficas aplicables únicamente a las personas como ella. A la gente que todavía no conoce la tragedia quizá. Nadie que haya perdido un hermano a los doce años puede decir en serio que todo sucede por alguna razón.

—Estamos de acuerdo en que no estamos de acuerdo —le digo—. Hace mucho que no te veía. Quiero aburrirme mortalmente escuchando todo lo que tengas que contarme sobre Jacques.

Sonríe de oreja a oreja.

—¿Qué?

—Tengo que contarte una cosa —me dice. Se inclina hacia mí y me coge la mano.

Inmediatamente me invade una sensación familiar de atracción, como si tuviera dentro una cuerda fina que solo ella es capaz de encontrar para tirar de ella. Va a decirme que sale con alguien. Que se ha enamorado. Conozco tan bien la historia que ojalá pudiéramos pasar por todas las fases sentadas aquí, a esta mesa, tomando café. Intriga. Obsesión. Decepción. Desesperación. Apatía.

—¿Cómo se llama? —le pregunto.

Pone los ojos en blanco.

—Oh, vamos, ¿tan transparente soy?

—Solo para mí.

Toma un sorbo de agua con gas.

—Se llama Greg. —Recalca el monosílabo—. Es arquitecto. Nos conocimos a través de Bumble.

—¿Tienes un perfil en Bumble?

—Sí. Sé que crees que puedo conocer a alguien comprando leche en la tienda de la esquina, pero... no sé, llevo tiempo queriendo algo diferente y últimamente no he encontrado a nadie interesante.

Pienso en la vida amorosa de Bella de los últimos meses. Estuvo con aquel fotógrafo, Steven Mills, pero eso fue el verano pasado, hace casi un año ya.

—Excepto Annabelle y Mario —le digo. Los coleccionistas con los que tuvo un rollo pasajero. Una pareja.

Pestañea con afectación.

—Por supuesto —me da la razón.

—Entonces...

—Solo llevamos tres semanas —dice—, pero, Dannie, es maravilloso. Maravilloso de verdad. Es muy guapo e inteligente y... Creo que te gustará.

—Guapo e inteligente —repito—. ¿Greg?

Asiente. Nuestra comida aparece en medio de una nube de vapor. Huevos, pan francés crujiente con caviar, tostadas de aguacate y un plato de finas crepes con azúcar glas. Se me hace la boca agua.

—¿Más café? —pregunta el camarero.

Asiento.

—Hum. Esto es perfecto. —Sin perder tiempo, ataco

la tostada de aguacate. La yema rezuma encima del huevo escalfado y me sirvo un pedazo en el plato. Emito un sonido levemente pornográfico mientras mastico.

Bella me mira y se ríe.

—Estás muerta de hambre —dice.

La miro contrariada y me lanzo sobre las crepes.

—Yo trabajo.

—Sí. ¿Y cómo te va?

—Es estupendo. —Me dan ganas de añadir que «algunas tenemos que trabajar para vivir», pero me callo. Hace mucho que aprendí que para Bella, y en nuestra amistad, hay una diferencia entre ser crítica y ser cruel. Trato de no cruzar esa frontera—. Creo que un año más y me harán socia.

Bella se remueve un poco en la silla. El jersey se le resbala de los hombros y veo parte de su clavícula. Siempre ha estado llenita, tiene unas curvas magníficas, pero hoy la encuentro más delgada. Una vez, el mes que salió con Isaac, perdió seis kilos.

Greg. Tengo un mal presentimiento.

—Tendríamos que salir juntos a cenar —me dice.

—¿Con quién?

—Con Greg. —Se muerde el labio inferior y lo suelta. Clava en mí sus ojos azules—. Dannie, no tienes por qué creerme, pero este es diferente. Me da una sensación distinta.

—Todos te la dan. —Entorna los ojos y sé que he cruzado la frontera. Suspiro. No sé decirle que no.

—Está bien —acepto—. Una cena. Elige cualquier sábado a partir de dentro de dos semanas y estaré a tu disposición.

La observo llenar el plato. Primero se sirve huevos,

después una crepe y noto que se me deshace el nudo del estómago cuando la veo comer con ganas. En el cielo, la lluvia cesa y las nubes dejan paso al sol. Cuando salimos del restaurante, la calle está casi seca.

7

—¿Qué ha pasado con la camisa azul?

David sale del dormitorio con una camisa negra y unos tejanos oscuros. Llegaremos tarde. Tendríamos que estar en el Rubirosa del SoHo en diez minutos y tardaremos por lo menos veinte en llegar al centro. Puede que Bella llegue siempre tarde, pero me sigue gustando llegar antes que ella a los sitios. Siempre ha sido así. Lo del *brunch* fue una anomalía suficiente para una semana.

—¿Esta no te gusta? —Se agacha un poco para mirarse en el espejo que hay encima del respaldo del sofá.

—Está bien, pero creía que te pondrías la azul.

Vuelve al dormitorio y yo me retoco el pintalabios en el mismo espejo. Me he puesto un jersey de cuello alto negro con una falda de seda azul y unos zapatos de tacón. Se prevén entre diecisiete y diecinueve grados, así que trato de decidir si llevar chaqueta.

David vuelve abrochándose la camisa azul.

—¿Contenta?

—Mucho —le respondo—. ¿Pides un taxi? —Coge el móvil para llamar a uno mientras compruebo si llevo las llaves de casa, el teléfono y la pulsera de oro con abalorios de Bella. Se la pedí prestada hace seis meses y todavía no se la he devuelto.

—Dos minutos —dice David.

Cuando llegamos al restaurante, Bella nos está esperando fuera. Mi primera reacción es de desconcierto: ha vuelto a llegar antes que yo. Luego pienso que ya ha cortado con Greg y que cenaremos solos los tres. Ya ha pasado dos veces, con Daniel, el de la galería, y creo que con el otro Daniel, el camarero. Siento una punzada de irritación seguida de una oleada de compasión e ineluctabilidad. Volvemos a estar en las mismas. Siempre igual. Me apeo del taxi.

—Lo siento —le digo al mismo tiempo que la puerta del restaurante se abre y Greg sale a la acera. Solo que no es Greg. Es Aaron.

Aaron.

Aaron, en cuyo rostro y cuyo nombre no he dejado de pensar una y otra vez durante los últimos cuatro años y medio. El centro de tantas preguntas y ensoñaciones y recuerdos recurrentes acaba de materializarse en la acera.

No era un sueño. Claro que no lo era. Aquí está y no puede ser ningún otro. No es alguien a quien haya visto en una película ni un socio con el que haya trabajado. No es alguien que haya viajado en el avión sentado a mi lado. Es el hombre del apartamento.

Trastabillo. No sé si gritar o salir corriendo, pero me he quedado petrificada. Es como si los pies se me hubieran fundido con la acera. El motivo: el novio de mi mejor amiga.

—Cariño, esta es mi mejor amiga, Dannie. Dannie, este es Greg. —Se pega a él.

—Hola. He oído hablar mucho de ti.

Me estrecha la mano. Busco en su cara algún signo de reconocimiento, pero no lo encuentro, por supuesto. Pasara lo que pasara entre nosotros todavía no ha sucedido.

David le tiende la mano. Pasmada, con la boca abierta, no acierto a presentárselo.

—Él es David —balbuceo.

David, el de la camisa azul, intercambia un apretón de manos con Aaron, el de la camisa blanca. Bella sonríe. Tengo la sensación de que todo el aire ha sido succionado hacia el cielo. Aquí fuera vamos a asfixiarnos.

—¿Entramos?

Subo los escalones detrás de Greg-Aaron y entramos en el restaurante. Está atestado.

—Aaron Gregory —le dice a la recepcionista.

Aaron Gregory. En un destello, vuelvo a ver su permiso de conducir en mi mano. Claro.

—¿Aaron?

—Sí. Gregory es mi apellido. Lo de Greg se me quedó. —Me sonríe. Su sonrisa me resulta demasiado familiar. No me gusta. Siento que me estoy hundiendo, como si me cayera al suelo o como si el suelo se cayera también, solo que nadie más se mueve. Solo yo, catapultada a través del espacio. Del tiempo.

—Aaron.

Me mira. Centra su mirada en mí. Oigo a David reírse a nuestra espalda por algo que ha dicho Bella. Huelo su perfume de rosas. Es de los que solo puedes comprar en las perfumerías de París.

—No soy de los malos. Lo digo porque sé que crees que lo soy.

Suelto el aire de golpe. Estoy mareada.

—¿Eso creo?

—Eso crees.

Seguimos a la recepcionista. Sorteamos la barra y pasamos entre las mesas ocupadas por parejas concentradas en comer pizza y beber copas de vino tinto.

—Lo sé por el modo que tienes de mirarme y por lo que me ha dicho Bella.

—¿Qué te ha dicho? —Pasamos bajo un arco y Aaron se queda atrás, con un brazo extendido para dejarme pasar. Le rozo la mano con el hombro. Esto no puede estar pasando.

—Que ha salido con hombres que no la han tratado bien y que tú eres una amiga maravillosa que siempre ha estado a su lado para ayudarla a rehacerse. Me advirtió que seguramente al principio me odiarías. —Llegamos a nuestra mesa. Está en la parte de atrás, pegada a la pared de la izquierda. David y Bella vienen detrás.

—Yo me siento en el rincón —dice ella. Pasa la primera y tira de mí para que me siente a su lado. David y Aaron se sientan enfrente.

—¿Cuál es el plato estrella? —pregunta Aaron. Le sonríe ampliamente a Bella y le aprieta la mano. Le acaricia los nudillos.

No me hace falta leer el menú, pero lo hago de todas formas. Siempre pedimos la pizza de rúcula y la ensalada Rubirosa.

—Todos —dice Bella. Aprieta y suelta su mano y se estremece. Lleva un vestido corto negro con volantes y rosas que compramos juntas en The Kooples un día que fuimos de tiendas. Se ha puesto unos zapatos de tacón de ante verde fluorescente y unos pendientes de plástico verdes.

Tengo que evitar mirar a Aaron. Tengo que evitarlo como sea, pero está sentado frente a mí, a centímetros de distancia.

—Bella nos ha contado que eres arquitecto —dice David, y el corazón se me encoje de amor por él. Siempre sabe lo que decir, cómo hay que comportarse. Nunca olvida las formalidades.

—Así es —le responde Aaron.

—Yo creía que los arquitectos no eran reales —comento sin apartar los ojos del menú.

Aaron suelta una carcajada. Cuando alzo la vista hacia él, se señala el pecho.

—Soy real. No te quepa duda.

—Se refiere a ese artículo de Mindy Kaling de hace una eternidad. Decía que los arquitectos existen solo en las comedias románticas —le explica Bella.

—¿Dannie? —Aaron me señala.

—No, Mindy —dice Bella—. Lo decía Mindy.

Creo que lo publicó el *Times*. Se titulaba algo así como: «Las mujeres de las comedias románticas que no son reales». Lo del arquitecto era puramente anecdótico. Por cierto, Mindy también decía que una adicta al trabajo y una soñadora tampoco son estereotipos creíbles y aquí estamos nosotras.

—Los arquitectos guapos —puntualizo.

Bella se ríe. Se inclina para tocarle la mano a Aaron.

—Esto es lo más parecido a un cumplido que le vas a sacar, así que disfrútalo —le dice.

—Bueno, pues gracias.

—Mi padre es arquitecto —dice David, pero nadie le responde.

Estamos ocupados con el menú.

—¿Qué preferís, vino blanco o tinto? —nos pregunta Bella.

—Tinto —le respondemos a una David y yo. Nunca bebemos vino blanco. Alguna que otra vez rosado, en verano, para lo cual falta mucho.

Cuando vuelve el camarero, Bella pide un barolo. Cuando íbamos al instituto, mientras todos tomábamos chupitos de Smirnoff, Bella llenaba de cabernet un decantador.

Yo nunca he sido muy bebedora. Cuando era estudiante, beber me impedía levantarme pronto para estudiar o para ir a correr antes de clase y ahora me pasa lo mismo en el trabajo, solo que peor. Desde que cumplí los treinta, me basta una copa de vino para estar grogui. A raíz del accidente, en casa estuvo prohibido beber, ni siquiera una gota de vino. Completamente abstemios. Mis padres siguen siéndolo todavía.

—Me apetece carne —dice David.

Aquí nunca pedimos otra cosa que no sea la pizza de rúcula o la Margarita. ¿Carne?

—Compartiré una salchicha contigo —le propone Aaron.

David me mira sonriente.

—Nunca como salchichas. Me gusta este tío.

Desde que he visto a Aaron en la acera, estoy preocupada, obsesionada. Por primera vez, me planteo que en realidad es el novio de Bella. No es el tipo de la premonición, sino uno que está sentado ahora frente a ella. Por una parte, parece bueno y de fiar, divertido y servicial. Por lo general es complicadísimo establecer contacto visual con alguno de sus novios.

Cualquier otro estaría babeando por ella. Pero él no.

—¿Dónde vives? —le pregunto.

Veo flashes del apartamento. Las amplias paredes, la cama orientada hacia el *skyline* de Nueva York.

—En el centro.

—¿En el centro?

Se encoge de hombros.

—Está cerca de mi despacho.

—Perdona —le digo.

Me levanto y voy hacia al baño, que está en un pequeño pasillo.

—¿Qué te pasa? —me dice David, que me ha seguido—. ¿A qué ha venido eso? ¿Estás bien?

Niego en silencio.

—No me encuentro bien.

—¿Qué ha pasado?

Lo miro. Me está observando con preocupación y... algo más. ¿Sorpresa tal vez? Se parece más al enfado. Pero como lo que estoy haciendo es impropio de mí, no estoy segura.

—Estoy mareada. ¿Podemos irnos?

Echa un vistazo hacia el restaurante, como si desde allí pudiera ver la mesa que ocupan Bella y Aaron, que seguramente están tan desconcertados como él.

—¿Vas a vomitar?

—Es posible.

Con eso basta. Se pone en marcha, colocando una mano en mi espalda.

—Voy a decírselo. Espérame fuera; llamaré un taxi.

Asiento y salgo del local. La temperatura ha bajado bastante desde que llegamos. Tendría que haber traído una chaqueta.

David sale con mi bolso, y con Bella.

—Lo odias —me dice cruzándose de brazos.

—¿Qué? ¡No! Es que me encuentro mal.

—Ha sido bastante repentino. Te conozco. Una vez soportaste una gripe tremenda para volar a Tokio.

—Eso fue por trabajo. —Me aprieto el estómago. Realmente voy a vomitar. Todo lo que tengo dentro caerá sobre sus zapatos de ante verdes.

—Me gusta —dice David, y me mira—. Y a Dannie también. Esta tarde ya tenía fiebre, pero no hemos querido cancelar la cena.

Siento una oleada de afecto por él, por esa mentira.

—Te llamaré mañana —le digo a Bella—. Disfrutad de la cena.

Bella sigue sin moverse de la acera, pero llega el taxi y David me abre la puerta. Entro en el vehículo y él lo rodea para subir por el otro lado. Nos incorporamos a Mulberry y Bella desaparece detrás de nosotros.

—¿Crees que es una intoxicación? ¿Qué has comido? —me pregunta David.

—Podría ser. —Apoyo la cabeza en la ventanilla y él me aprieta el hombro antes de sacar el móvil. Cuando llegamos a casa, me pongo cómoda y me meto en la cama.

David se sienta en el borde.

—¿Puedo hacer algo por ti? —me pregunta. Alisa el edredón y le agarro la mano antes de que la aparte.

—Acuéstate conmigo —le pido.

—Es posible que lo que tienes sea contagioso —dice. Me acaricia la mejilla con el dorso de la mano—. Voy a prepararte un té.

Lo miro. Los ojos castaños, los mechones de pelo. Nunca se echa nada en el pelo, a pesar de lo mucho que le he insistido en que todo el mundo lo necesita.

—Duérmete. Por la mañana te encontrarás mejor —me dice.

Se equivoca, pienso. No quiero dormir, pero lo hago. En mi sueño vuelvo a estar en aquel piso, el de las ventanas y los sillones azules. Aaron no está. Quien está es Bella. Saca un pantalón de chándal del cajón superior de la cómoda. Lo sostiene en alto y lo agita delante de mí. «¿Qué hace esto aquí?», me pregunta. No tengo la respuesta, pero insiste en que se lo diga. Se me acerca más y más. «¿Qué hace esto aquí? Dímelo, Dannie. Dime la verdad.»

Cuando voy a hablar, me doy cuenta de que todo el piso está inundado y de que me ahogo con todo lo que no puedo decir.

8

—Me alegro de volver a verte —me dice la doctora Christine.

La planta sigue allí. Doy por sentado que es artificial. Ha pasado demasiado tiempo.

—Sí, bueno. No sabía a quién más contárselo.

—Contarle qué.

La verdad acerca de lo que ahora sé. Que lo que vi en aquel apartamento es el futuro. Sucederá exactamente dentro de cinco meses y diecinueve días, el 15 de diciembre. Me gradué con las mejores calificaciones en el instituto Harriton, fui *magna cum laude* en Yale y la mejor de mi clase de Derecho en Columbia. No soy crédula ni tonta. Lo que pasó no fue un sueño, sino una premonición, una profecía esbozada de la vida, y necesito saber cómo y por qué sucedió para asegurarme de que nunca ocurrirá.

—He conocido al hombre del sueño —le digo.

Traga saliva. Tal vez sean imaginaciones mías, pero parece que con cierto esfuerzo. Quiero saltarme esta parte, esa en la que tenemos que determinar qué es y cómo sucedió, el proceso. Esa en la que ella piensa que tal vez estoy un poco loca, que probablemente tengo alucinaciones, que hay que resolver antiguos traumas, etc. Lo único que me interesa ahora es evitar que ocurra.

—¿Cómo sabes que era él?

Me quedo mirándola.

—No te conté que nos acostamos.

—Ah. —Se inclina hacia delante en el sillón de cuero marrón que, a diferencia de la planta, es nuevo—. Un detalle importante, me parece. ¿Por qué crees que me lo ocultaste?

—Porque estoy prometida, es evidente —le digo.

Se inclina todavía más.

—Para mí no.

—No lo sé. Simplemente no lo dije. Pero sé que es él y está saliendo con mi mejor amiga.

La doctora Christine repasa sus anotaciones.

—Bella —dice.

Asiento, a pesar de que no recuerdo haberle hablado de ella. Pero debí de hacerlo.

—Ella es muy importante para ti.

—Sí.

—Y ahora te sientes culpable.

—Bueno, técnicamente no he hecho nada malo. —Ella entrecierra los ojos. Yo me llevo una mano a la frente.

—Has dicho que estás prometida. ¿Con el mismo chico con el que salías cuando hablamos por última vez?

—Sí.

—Han pasado más de cuatro años desde entonces. ¿Tenéis intención de casaros?

—Hay parejas que optan por no hacerlo.

Asiente en silencio.

—¿Eso es lo que habéis decidido tú y David?

—Mira, lo único que quiero es asegurarme de que eso

no vuelva a pasar, o de que no pase, mejor dicho. Por eso he venido.

La doctora Christine se arrellana, aumentando la distancia que nos separa. El inicio del camino hacia la puerta, tal vez.

—Dannie —me dice—, creo que está pasando algo que no entiendes y que te asusta, cuando lo que tienes que hacer es descubrir la causalidad y probarla.

—La causalidad —repito.

—Si hago esto, obtendré este resultado. —Con las palmas hacia arriba, simula los platillos de una balanza—. Esta experiencia no encaja en tu vida, no has dado un solo paso para tenerla. Sin embargo, ahí está.

—Así es —le digo—. Por eso necesito que no esté.

—¿Y cómo te propones conseguirlo?

—No lo sé. Por eso estoy aquí.

Como era de prever, la sesión ha terminado.

Decido que tengo que localizar el apartamento. Necesito algo concreto, una prueba.

El domingo, David se va a su despacho y le digo que saldré a correr. A los veinte, solía correr distancias largas. Bajaba por la Duodécima Avenida y atravesaba el distrito financiero por el adoquinado, entre los altos edificios. He recorrido el circuito de Central Park bordeando el lago, observando cómo las hojas cambian del verde al amarillo y al ámbar y cómo el agua refleja las estaciones. He corrido dos maratones y media docena de medias maratones. Correr hace por mí todo lo que hace por los demás: me aclara la cabeza, me da tiempo para pensar, me hace sentir bien físicamente y me relaja. Además, tiene la ventaja adicional de llevarme a sitios. Cuando me mudé a Nueva York, solo podía permitirme vivir en Hell's Kitchen, pero quería estar en todas partes, así que corría.

Al principio de nuestra relación, intentaba que David me acompañara, pero después de unas cuantas manzanas, él quería parar a comprar *bagels*, así que empecé a dejarlo en casa. De todos modos, es mejor correr sola. Así puedes pensar.

Son las nueve de la mañana cuando cruzo el puente de Brooklyn, pero como es domingo y temprano, todavía no hay muchos turistas, solo ciclistas y otros corredores. Mantengo la cabeza alta, los hombros hacia atrás, voy concentrada en mi avance, con la respiración entrecortada porque hace mucho que no corría tanto y los pulmones acusan el esfuerzo.

No vi la fachada del edificio, pero por las vistas lo sitúo en algún punto cercano al agua, tal vez cerca de Plymouth. Cruzo el puente y bajo el ritmo hasta acabar andando por la calle Washington hacia el río. Ha empezado a levantarse la neblina matutina y el sol se refleja en el agua. Me quito la sudadera y me la ato a la cintura.

Dumbo, acrónimo de Down Under the Manhattan Bridge Overpass, era una estación de ferry y todavía conserva un aire industrial. Los grandes edificios de almacenes se mezclan con los mercados de comestibles caros y con los edificios de apartamentos acristalados. A medida que se me aquieta la respiración, me doy cuenta de que debería haber hecho una búsqueda antes de venir. Perspectivas desde el apartamento, anuncios. Podría haber hecho una lista y haberla seguido. ¿Por qué no se me habrá ocurrido?

Me paro delante del Brooklyn Bridge Park, frente a un edificio de ladrillo y cristal que ocupa toda la manzana. No es este.

Saco el móvil. ¿Compré —¿lo haré?— este piso? Gano mucho dinero, mucho más que la mayoría de mis colegas, pero un *loft* de dos millones de dólares está fuera del alcance de mi bolsillo, diría yo. Al menos hasta dentro de seis meses. Además, no tiene ningún sentido logístico. La casa de nuestros sueños, una lo bastante grande como para tener un niño algún día, está en Gramercy. ¿Por qué iba a querer vivir aquí?

Las tripas me rugen y camino hacia el oeste para ver si encuentro algún sitio donde conseguir una manzana o un *bagel* y pensar. Giro en la calle Bridge y a unas cuantas manzanas de distancia encuentro una tienda con un toldo negro: Bridge Coffee Shop. Es un local pequeño, con un mostrador y el menú escrito en un tablero. Dentro hay un oficial de policía; es la manera de saber si es bueno. Una mujer muy sonriente conversa en español desde detrás del mostrador con una joven madre que lleva un bebé dormido. Cuando me ven, se despiden y la mujer se va con su bebé. Mantengo la puerta abierta para ella.

Pido lo de siempre, un *bagel* de ensalada de bacalao. La mujer que atiende asiente con aprobación.

Entra un hombre que paga un café. Dos adolescentes compran *bagels* de crema de queso. Aquí todos son clientes habituales. Todo el mundo se saluda.

Me sirven mi *bagel* para llevar. Cojo la bolsa blanca de papel, le doy las gracias a la mujer y vuelvo al parque. Brooklyn Bridge Park no es tanto un parque como una extensión de césped. Los bancos están ocupados, así que me siento en una piedra, justo al borde del agua. Abro la bolsa y le doy un mordisco al bocadillo. Está bueno, muy bueno. Para mi sorpresa, casi tan bueno como el de Sarge's.

Miro el agua. Siempre me ha gustado. No he tenido ocasión de disfrutarla mucho, pero cuando era más joven solíamos pasar la semana del Cuatro de Julio en la costa de Jersey, en Margate, un pueblo costero que es más bien un suburbio de Filadelfia en lo que a población se refiere.

Mis padres alquilaban un apartamento y durante siete maravillosos días comíamos granizado y corríamos por la orilla llena de gente con cientos de niños más. Nuestros padres, felizmente apoltronados en sus sillas de playa, nos observaban desde la arena. Pasábamos una noche en las atracciones de Ocean City, dando vueltas en el Sizzler o montados en los autos de choque. Otra cenábamos en Mack&Manco Pizza y otra más, sándwiches de queso de Sack O'Subs, abiertos encima de un papel, en la playa, goteando aceite y vinagre de vino tinto.

Michael, mi hermano, me dio allí mi primer cigarrillo, lo fumé bajo el paseo marítimo; solo el sabor de la libertad entre nosotros y las yemas de nuestros dedos.

Dejamos de ir cuando lo perdimos. No sé muy bien por qué, pero todo lo que me era familiar, lo que parecía unirnos, resultaba insoportable. Como si nuestra alegría o nuestra unión significara traicionarlo, traicionar su vida.

—¿Dannie?

Cierro los ojos y cuando vuelvo a abrirlos lo veo de pie a mi lado, con casco de ciclista y sentado a medias en el sillín de la bicicleta. Es Aaron.

Tiene que ser una broma.

9

—Hola. Caramba. —Me levanto precipitadamente mientras devuelvo el bocadillo a la bolsa—. ¿Qué haces por aquí?

Lleva una camiseta azul, pantalones caqui y una cartera de mensajero de cuero marrón en bandolera.

—Hago esta ruta en bicicleta los fines de semana. —Señala la cartera y niega con la cabeza—. No. La verdad es que Bella me ha mandado a hacer un recado.

—Ah, ¿sí?

Aaron se desabrocha el casco. Tiene el pelo húmedo, apelmazado por el sudor.

—Parece que ya te encuentras mejor.

Me pongo en jarras.

—Estoy mejor.

Sonríe.

—Bien. ¿Te vienes?

—¿Adónde?

Se acerca más.

—Estoy buscando piso.

Pues claro. No necesitaba buscar en Google. Me bastaba con que Aaron apareciera y me acompañara hasta el apartamento.

—Déjame adivinar —le digo—. ¿En la calle Plymouth?

—Cerca —me responde—. En la calle Bridge.

Esto es una locura. No puede estar pasando.

—Sí —acepto—. Te acompaño.

—Estupendo.

Cuelga el casco en el manillar y echamos a andar.

—¿Tú corres? —me pregunta.

—Solía hacerlo.

Mientras caminamos, noto el pinchazo en la rodilla y la cadera izquierdas, consecuencia de no haber estirado lo suficiente ni haber hecho sentadillas antes de empezar.

—Ya. Yo tampoco monto en bicicleta tanto como me gustaría.

—¿Por qué no ha venido Bella?

—Tenía que ir a la galería. Me ha pedido que le eche yo un vistazo. Lo distinguirás en cuanto lo veas, creo. Espera. —Estamos en un paso de peatones y me retiene con una mano cuando dos ciclistas pasan a toda velocidad—. Intenta no morir estando conmigo, ¿vale?

Parpadeo, deslumbrada. Tendría que haberme puesto gafas de sol.

—Vale, vamos.

Cruzamos y seguimos por Plymouth hasta la calle Bridge, una perpendicular. Justo por donde he pasado. Entonces lo veo. Antes no lo vi porque solo tenía ojos para el bocadillo. Es el edificio de ladrillo rojo con puertas de almacén. Lo reconozco enseguida, y no solo de esa noche. Estuve aquí en una boda hace tres años. La de Brianne y Andrea, amigos de David de la escuela de negocios Wharton. Es el antiguo Galapagos Art Space y es lo que vi por la ventana aquella noche, hace cuatro años y medio. A mi espalda, en la acera de enfrente, en el número 37 de la calle Bridge, está el edificio al que Aaron está a punto de llevarme.

—Ve con cuidado —me aconseja cuando cruzamos la calle y nos acercamos a la puerta.

Estoy bastante segura de que estoy en lo cierto. Es un edificio de ladrillo y cemento, menos industrial que otros de alrededor.

No tiene vestíbulo, solo un timbre y un candado. Aaron saca un llavero de la cartera de mensajero y va probando las llaves. Las dos primeras no abren, pero cuando prueba con la tercera, el candado cede y la cadena queda suelta. Al abrirse, la puerta de acero revela el lateral de un montacargas. Aaron usa otra llave para hacerlo bajar y esta vez lo consigue al primer intento.

—¿Te están esperando? —le pregunto.

Asiente.

—Un amigo que es corredor de Bolsa me dio las llaves. Me dijo que podíamos verlo hoy.

Podíamos. Con Bella.

El montacargas desciende pesadamente. Aaron mantiene la puerta abierta mientras yo entro y luego mete la bicicleta. Pulsa el botón del cuarto piso y subimos. El mecanismo del montacargas vibra y echa chispas.

—Parece que este edificio no cumple las normas —digo, cruzando los brazos.

Aaron sonríe.

—Me gusta que Bella y tú seáis buenas amigas. Es divertido.

—¿Por qué? —Toso dos veces en el puño cerrado—. ¿A qué te refieres?

—A que sois muy diferentes.

No me da tiempo a responderle porque las puertas se

abren y salimos directamente al apartamento de hace cuatro años y medio. Al instante sé, sin tener que adentrarme ni un paso en él, que es ese. Por supuesto que lo es. ¿En qué otro lugar podía acabar esta mañana?

Sin embargo, no es en absoluto como era... o como será. Está en construcción. En un rincón hay un montón de viejas vigas de madera. Las tuberías y los cables eléctricos cuelgan de las tomas. Hay una pared que no recuerdo que hubiera. No hay electrodomésticos ni agua corriente. Es un espacio desnudo, abierto, sin ningún acabado.

—Aquí hay trabajo para un arquitecto —digo—. Ahora lo entiendo.

Pero Aaron no me ha oído. Está ocupado apoyando la bicicleta contra un muro —donde recuerdo que estaba la cocina—. Retrocede para observar el espacio. Lo observo cruzar el piso, se acerca a las ventanas. Se da la vuelta y capta la panorámica.

—¿Bella quiere vivir aquí? —le pregunto.

Su piso es perfecto, un verdadero sueño. Lo compró antes de que saliera a la venta, completamente reformado. Tiene tres dormitorios, ventanales del suelo al techo y una cocina alargada tipo galera. No entiendo que quiera mudarse. Estuvo dos años decorando su casa. Todavía dice que no está terminada. Pero Bella siempre ha sido una mujer de proyectos. Le encantan el potencial, las posibilidades, un terreno desconocido como este. El único inconveniente es que pocas veces, o ninguna, los termina.

La he visto gastar cantidades obscenas de dinero en proyectos y reformas que al final nunca cuajan: el piso de París, el *loft* de Los Ángeles, la línea de joyería, el negocio de fulares de seda tailandesa, el espacio compartido de artistas en Greenpoint. Una larga lista.

—Sí que quiere —me responde Aaron—. O al menos quiere ver si puede. —Habla en voz baja. No presta atención a lo que dice, sino a lo que ve a su alrededor. Lo veo esbozando, dibujando, moldeando este espacio, dándole vida mentalmente.

Solo llevan juntos dos meses. Ocho semanas. Lo admito, son dos semanas más de lo que ha durado la relación más larga de Bella, pero aun así... David ni siquiera sabía mi segundo nombre a los dos meses de conocernos. El hecho de que Aaron esté aquí, buscando casa para Bella, golpeando las paredes y pateando los tablones del suelo... Eso me da que pensar. Estén en el punto que estén, tanta precipitación no es buena.

—Es un proyecto de envergadura —digo.

—No tanto. La estructura es buena. Además, Bella dice que le gustan los proyectos.

—Eso ya lo sé.

Me mira. Centra toda su atención en mí, en mi figura solitaria de pie en este espacio, vestida con pantalones negros de correr y una camiseta vieja de campamento, mientras el posible futuro se cierne sobre nosotros como nubes de tormenta.

—Sé que lo sabes —me dice. Es una respuesta más suave de lo que esperaba—. Lo siento si me he expresado mal. —Da un paso hacia mí. Cojo aire—. La verdad es que te he visto entrar en el *deli*. He dado la vuelta y te he seguido de regreso a la orilla. —Se pasa una mano por la frente—. No estaba seguro de si saludarte, pero yo... realmente quiero gustarte. Tengo la sensación de que empezamos con mal pie y me pregunto si puedo hacer algo para que eso cambie.

Me alejo.

—No —digo—. No es...

—No, no. Está bien. —Su sonrisa vuelve a ser torcida, pero esta vez parece inseguro, casi cohibido—. Mira, no necesito caerle bien a todo el mundo, pero no estaría mal que la mejor amiga de mi novia pudiera estar en la misma habitación que yo, ¿entiendes?

En esta habitación. En este piso. En este espacio sin realizar.

Asiento.

—Sí —digo—. Lo entiendo.

Se le ilumina la cara.

—Podemos ir poco a poco. Sin comidas durante un tiempo. Podemos empezar tomando un agua con gas, por ejemplo. Luego un café...

Me esfuerzo por sonreír. Para cualquier otra persona, esto sería divertido.

—Suena bien —le digo. Me resulta físicamente imposible decir algo interesante.

—Estupendo. —Me sostiene la mirada un momento—. Bella alucinará cuando le diga que me he encontrado contigo. ¿Qué probabilidades había en una ciudad de nueve millones de habitantes? Menos que ninguna.

Se acerca a los cables que cuelgan desnudos de las paredes.

—¿Qué te parecería poner aquí...?

—¿La cocina?

Sonríe.

—Exactamente. Y el dormitorio ahí atrás. —Señala hacia las ventanas—. Apuesto a que podríamos tener un vestidor fantástico.

Nos paseamos por el piso cinco minutos más y Aaron saca unas cuantas fotos. Cuando volvemos al montacargas, suena mi móvil. Es Bella.

—Greg me ha mandado un mensaje. ¿Qué locura es esta? ¿Qué estabas haciendo por ahí? Nunca corres por Brooklyn. ¿Qué te ha parecido el piso? —Se calla y oigo su respiración superficial y expectante.

—Es bonito, supongo —le digo—. Pero tu casa es perfecta. ¿Por qué quieres mudarte?

—No te gusta nada.

No sé si mentirle, decirle que no me gusta. Que no tiene buenas vistas, que huele a basura, que está demasiado lejos. Nunca le he mentido, y no quiero hacerlo, pero no puede comprarse este piso. No puede mudarse aquí. Por su bien y por el mío.

—Es solo que parece que necesita mucho trabajo —le explico—. Además, está bastante lejos.

Suelta un bufido. Noto lo enfadada que está.

—¿De dónde? —me dice—. Ya nadie vive en Manhattan. Es agobiante. Me cuesta creer que yo viva aquí. Tienes que ser un poco más abierta de miras.

—Bueno, en realidad no tengo que ser nada. No soy yo quien va a vivir aquí.

10

—David, tenemos que casarnos.

Es el viernes siguiente y David y yo estamos en el sofá tratando de decidir qué pedir para cenar. Son las diez de la noche pasadas. Teníamos una reserva para hace dos horas, pero uno de los dos ha tenido que trabajar hasta más tarde y el otro ha decidido hacer lo mismo. Hemos llegado a casa hace diez minutos y nos hemos dejado caer juntos en el sofá.

—¿Ahora mismo? —me pregunta. Se quita las gafas y mira a su alrededor. Nunca usa la camiseta para limpiarlas porque cree que las ensucia más. Se dispone a levantarse para ir a buscar una toallita cuando le agarro la mano.

—No. Lo digo en serio.

—Yo también.

Vuelve a sentarse.

—Dannie, ya te he pedido antes que pongas una fecha. Hemos hablado de eso. Nunca te parece el momento adecuado.

—Eso no es justo —le digo—. Los dos pensamos igual.

David suspira.

—¿Estás segura de que quieres hablar de esto?

Asiento en silencio.

—Tenemos una vida ajetreada, sí —prosigue—, pero decir que posponerlo ha sido cosa de los dos no es cierto. A mí me ha parecido bien esperar porque es lo que tú quieres.

David ha tenido paciencia. Nunca hemos hablado de ello, no muy extensamente, pero sé que él se pregunta por qué todavía no hemos dado el paso. ¿Por qué nunca hablamos de esto en serio? Con tanto trabajo, me ha sido fácil fingir que no pensaba mucho en ello, y quizá no lo hacía. David siempre me ha dejado llevar las riendas de nuestra relación. Sabe que así me siento cómoda y él es feliz dejándolas en mis manos. Esa es una de las razones por las que nos llevamos tan bien.

—Tienes razón —le digo. Le sujeto ambas manos. Las gafas, terceras en discordia, cuelgan con dificultad de su índice—. Pero te estoy diciendo que ha llegado la hora. Hagámoslo.

David me mira entrecerrando los ojos. Ha comprendido que hablo en serio.

—Últimamente has estado muy rara —dice.

—Te estoy proponiendo matrimonio.

—Ya estamos prometidos.

—David, vamos... —Tras una pausa añade:

—¿Proponiéndome matrimonio? Yo te llevé al Rainbow Room. Esto es bastante cutre.

—Tienes razón.

Sin soltarle las manos, me dejo caer del sofá hasta quedar con una rodilla en el suelo. David abre mucho los ojos, divertido.

—David Rosen. Desde el primer instante en que te vi en Ten Bells, con aquella chaqueta azul y aquellos auriculares, supe que eras tú.

El recuerdo me asalta: un profesional joven, con el pelo demasiado corto, sonriéndome incómodo.

—No llevaba auriculares.

—Sí que llevabas. Me dijiste que había demasiado ruido en el local.

—Hay demasiado ruido en ese local —dice David.

—¡Ya lo sé! —le digo sacudiéndole las manos. Se le caen las gafas. Las recojo y las dejo en el sofá, a su lado—. Hay demasiado ruido. Me encanta que los dos lo sepamos y que estemos de acuerdo en que las películas deberían durar veinte minutos menos. Me encanta que a ninguno nos gusten los que caminan despacio y que tú opines que ver reposiciones es perder un tiempo muy valioso. Me encanta que uses esa expresión, «tiempo muy valioso».

—Para ser justos, eso...

—David —le interrumpo. Le suelto las manos y le sujeto la cara con las mías—. Cásate conmigo. Vamos a hacerlo. Esta vez de verdad. Te quiero.

Me mira. Clava sus ojos verdes sin gafas en los míos. Contengo el aliento. Uno, dos...

—Vale —acepta.

—¿Vale?

—Vale. —Se ríe y me abraza. Nuestros labios se encuentran y nos convertimos en un lío de piernas y brazos deslizándose hacia el suelo.

David se sienta y se golpea contra la mesa de centro.

—¡Mierda! ¡Ay!

Es de madera con cristal encima y tiende a desmontarse si no la mueves sujetando ambas cosas.

Interrumpimos lo que estábamos haciendo para ocuparnos de la mesa.

—Cuidado con las esquinas —le advierto. La levantamos, la desplazamos y volvemos a encajar el cristal en la estructura de madera. Cuando terminamos, nos miramos, uno a cada lado de la mesa, jadeando.

—Dannie, ¿por qué ahora? —me pregunta.

No le cuento lo que no puedo contarle, por supuesto. Lo que la doctora Christine me acusó de guardarme. Que la razón por la que he estado evitando que nos demos el sí es la misma por la que tenemos que dárnoslo ahora, sin más dilación. Que forjando un camino me estoy asegurando de que otro no se haga realidad.

En lugar de eso le digo:

—Es el momento, David. Estamos hechos el uno para el otro. Te quiero. ¿Qué más necesitas? Estoy preparada y siento haber tardado tanto en estarlo.

Y esto también es cierto. Tan cierto como cualquier otra cosa.

—Solo eso —me responde. No lo veía tan contento desde hace años.

Me coge la mano y, a pesar del metro de distancia que hay ahora entre el sofá y la mesa, me lleva despacio y deliberadamente al dormitorio. Me empuja con suavidad hasta dejarme sentada en la cama.

—Yo también te quiero —dice—. Lo digo por si no es evidente.

—Lo es —digo—. Lo sé.

Me desviste con un afán que hacía tiempo no sentía. Por lo general, cuando tenemos sexo, no nos entretenemos mucho en los preliminares. No somos demasiado imaginativos y siempre vamos con el tiempo justo. El sexo que practicamos es bueno, excelente incluso. Siempre lo ha sido. Nos entendemos bien. Conectamos pronto y con frecuencia, y sabemos lo que nos funciona. David es atento y generoso y, aunque no sé si decir que somos ambiciosos, hay cierto cariz competitivo en nuestra manera de hacer el amor que impide que resulte manido o aburrido.

Hoy, sin embargo, es diferente.

Con la mano derecha empieza a desabrocharme la camisa. Tiene los nudillos helados y me dan escalofríos. La blusa blanca es una vieja de J. Crew. Aburrida. Predecible. Debajo encontrará un sujetador simple, también ajado. Sin embargo, lo que está pasando esta noche no tiene nada de aburrido ni de simple.

Sigue desabrochándome. Se lo toma con calma, pasando cada botón forrado de seda por su ojal hasta abrirme por completo la blusa. Sacudo los hombros para sacármela y cae al suelo.

David me pone una mano en el vientre y mete el pulgar de la otra por la cinturilla de la falda. Me sujeta para bajarme la cremallera. La falda baja de golpe y queda como si fuera un charco alrededor de mis pies. Los levanto y salgo de él. El sujetador y las bragas no son del mismo conjunto. Los dos son Natori, pero el sujetador es de algodón y las bragas, de seda negra. Me deshago de todo y empujo a David sobre la cama. Me inclino sobre él, uno de mis pechos le roza la cara. Me lo muerde.

—¡Ay! —me quejo.

—¿Ay? —Apoya ambas manos en mi espalda y las va bajando lentamente—. ¿Te ha dolido?

—Sí. ¿Desde cuándo te gusta morder?

—Desde nunca. Perdona.

Me besa. Es un beso profundo y lento que nos devuelve a lo que estábamos. Funciona.

David se ocupa de su camisa, las manos en los botones. Se las cubro con las mías para detenerlo.

—¿Qué? —dice. Está sin aliento, con el pecho en tensión.

No digo nada. Cuando intenta incorporarse lo empujo por los hombros para volver a tumbarlo.

—¿Dannie? —susurra.

Le respondo guiándole una mano hacia mi vientre y empujándosela hacia abajo más y más, hasta que la noto en el espacio cóncavo que me hace jadear. La mantengo ahí. Me mira, primero desconcertado, luego con aceptación, cuando presiono su mano en un movimiento repetitivo de abajo hacia arriba. Aparto mi mano y me agarro a sus hombros. Respiramos al unísono, y cierro los ojos siguiendo el ritmo, su mano, el colapso que se avecina y que es mío y solo mío.

Más tarde, estamos acostados juntos en la cama, los dos ocupados con el móvil, buscando locales.

—¿Se lo decimos a la gente? —me pregunta David.

Me quedo quieta.

—Por supuesto —le digo al fin—. Nos vamos a casar.

Me mira.

—Bien. ¿Cuándo quieres que lo hagamos?

—Pronto —digo—. Ya hemos esperado demasiado. ¿El mes que viene?

David se ríe. Es una risa sincera, gutural, que me encanta.

—Qué graciosa —dice.

Dejo el teléfono y me giro hacia él.

—¿Qué?

—Ah, ¿lo dices en serio? Dannie, no puedes decirlo en serio...

—Claro que lo digo en serio.

Cabecea.

—Ni siquiera tú puedes organizar una boda en un mes.

—¿Quien dice que tengamos que celebrar una boda?

Enarca las cejas y luego frunce el ceño.

—Tu madre, la mía. Vamos, Dannie. Esto es absurdo. Hemos esperado cuatro años y medio, ahora no podemos fugarnos para hacerlo. ¿Estás bromeando? Porque ya no lo sé.

—Solo quiero que esté hecho.

—¡Qué romántica! —comenta socarrón.

—Ya sabes a qué me refiero.

David deja el teléfono y me mira.

—La verdad es que no. A ti te encanta organizar. Es... lo tuyo. Una vez organizaste una Acción de Gracias durante las pausas para ir al aseo.

—Sí, bueno...

—Dannie, yo también quiero casarme, pero hagámoslo bien. Hagámoslo a «nuestra» manera, la de los dos. ¿Vale?

Me mira a la espera de una respuesta, pero no puedo darle una, no la que quiere. No tengo tiempo para hacerlo a nuestra manera. No tengo tiempo para planificar. Tenemos cinco meses. Quedan cinco meses para que yo esté viviendo en el piso que mi mejor amiga quiere comprar y con el novio con el que ella quiere comprarlo. Tengo que evitarlo. Tengo que hacer todo lo posible para asegurarme de que eso no se hace realidad.

—Seré una máquina planificando —le digo—. Será lo

único a lo que me dedique. ¿Qué te parece en diciembre? Podemos adaptar la boda a nuestro calendario de vacaciones. Habrá festivos.

—Somos judíos —dice David centrado de nuevo en el móvil.

—A lo mejor nieva —prosigo ignorándolo—. ¿David? ¿En diciembre? No quiero esperar más.

Se queda quieto. Sacude la cabeza, se inclina hacia mí y me besa el omóplato. Sé que he ganado.

—¿En diciembre?

Asiento en silencio.

—Vale —acepta—. Que sea en diciembre.

11

El jueves me cae encima un caso enorme. Uno de nuestros clientes más importantes —digamos que ha revolucionado el negocio de la alimentación saludable— quiere anunciar la adquisición de una empresa de servicio de reparto el lunes, antes de que abran las Bolsas. Se suponía que David y yo íbamos a ir a Filadelfia a contarles a mis padres el plan de diciembre, pero no va a poder ser este fin de semana.

Lo llamo a las ocho desde la sala de reuniones, inclinada sobre montones de documentos. Hay otros doce adjuntos y cuatro socios gritando órdenes y estoy rodeada de envases de comida china vacíos. Es una zona de guerra. Me encanta.

—Este fin de semana no voy a salir de aquí —le digo—. Ni siquiera iré a dormir a casa. Olvídate de Filadelfia.

Oigo la tele de fondo.

—¿Qué ha pasado?

—No puedo decírtelo, pero es un caso de los gordos.

—Menudo fastidio.

—Ya... —Carraspeo—. Dormiré aquí los próximos tres días. ¿Podemos ir el fin de semana que viene?

—Tengo la despedida de soltero de Pat.

—Es verdad. En Arizona.

Van a tomar cerveza y a practicar tiro al blanco, dos cosas que a David no le interesan en absoluto. Ni siquiera sé por qué va. Ya casi nunca ve a Pat.

—Está bien —dice—. Simplemente los llamaremos y los pondremos al corriente. También estarán encantados. Creo que tu madre estaba empezando a darse por vencida conmigo.

Mis padres adoran a David. Por supuesto que lo adoran. Se parece mucho a mi hermano, o a cómo yo imagino que habría llegado a ser. Inteligente, tranquilo, ecuánime. Michael nunca se metía en líos. Era él quien hacía el *planning* de las tareas domésticas cuando éramos pequeños y participó en un Modelo de las Naciones Unidas antes incluso de aprender a conducir. Él y David habrían sido amigos, estoy segura. Todavía me duele que no esté aquí, que nunca vaya a estar aquí. Que no me haya visto graduarme ni aceptar mi primer trabajo, que no haya estado en nuestro piso y que no vaya a ver cómo me caso.

Mis padres nos incordiaban constantemente durante los dos primeros años de convivencia para que fijáramos una fecha, pero ahora lo hacen menos. Sé lo mucho que desean esta boda para mí, y para ellos mismos. David se equivoca. A estas alturas, seguro que se conformarían con una boda en el ayuntamiento.

—Vale. Mi padre vendrá a Nueva York la semana que viene.

—El jueves —dice David—. Ya tengo previsto llevarlo a comer.

—Eres el mejor.

Emite un sonido evasivo. Aldridge entra en la sala justo en ese momento. Corto la llamada con David sin despedirme. Él lo entenderá. Solía hacerme lo mismo cada dos por tres cuando estaba en Tishman.

—¿Qué tal va? —me pregunta Aldridge.

Normalmente, un socio no le preguntaría a un asociado sénior cómo va una adquisición de esta magnitud. Se dirigiría directamente al socio principal que hubiera en la sala. Pero desde que Aldridge me contrató, hemos entablado una verdadera relación de amistad. De vez en cuando, me llama a su oficina para hablar sobre los casos u ofrecerme orientación. Sé que los otros asociados lo notan, sé que no les gusta, y me encanta. Hay varias maneras de prosperar en un bufete de abogados corporativos y ser la favorita del socio principal es, sin duda, una de ellas.

La mayoría de los abogados corporativos son como tiburones, pero nunca he oído a Aldridge levantar siquiera la voz. Y, de alguna manera, se las arregla para tener vida privada. Lleva doce años casado con su marido, Josh, con quien tiene una hija de ocho años, Sonja. Su despacho está lleno de fotos de la niña y de ambos. Vacaciones, fotos escolares, tarjetas de Navidad. Imágenes de una vida real fuera de estas cuatro paredes.

—Todavía estamos en diligencia debida, pero seguramente tendremos unos cuantos documentos para firmar el domingo —le digo.

—El sábado —contraataca Aldridge. Me mira arqueando una ceja.

—Eso he querido decir.

—¿Todo el mundo ha comido? —dice Aldridge dirigiéndose a todos los presentes. Además de envases de cartón de comida china, en la mesa hay envoltorios de hamburguesas de The Palm y recipientes de ensalada preparada de Quality Italian. Sin embargo, en pleno frenesí como este de ahora, la comida es una necesidad constante.

Los quince abogados alzan la cabeza de inmediato, con un brillo en los ojos. Sherry, la socia sénior que dirige el caso, le contesta en nombre de todos.

—Estamos bien, Miles —dice.

—¡Mitch! —Aldridge llama a su secretario, que siempre está a unos pocos pasos de distancia—. Pide unas galletas en Levaine. Consíguele a esta buena gente un poco de cafeína y azúcar.

—Ya estamos servidos, de veras —insiste Sherry.

—Ellos parecen hambrientos —dice.

Sale de la sala de reuniones.

Veo a Sherry entornar los ojos antes de enfrascarse de nuevo en el documento que tiene delante. A veces, bajo presión, la amabilidad parece tener poca importancia y no culpo a Sherry por reaccionar así. Ella no tiene tiempo para consolarnos con galletas, ese es un privilegio de los mandamases.

Lo que mucha gente no comprende de los abogados corporativos es que no se parecen en absoluto a lo que se ve en los programas de televisión. Sherry, Aldridge y yo nunca pisamos un tribunal, nunca defendemos un caso. Hacemos tratos; no somos litigantes. Preparamos documentos y repasamos todos y cada uno de los papeles de una fusión o una adquisición, o de una nacionalización. En la serie de abogados *Suits*, Harvey se ocupa del papeleo y de machacar en los tribunales. En realidad, los abogados de nuestro bufete que defienden los casos no tienen ni idea de lo que hacemos en esta sala de reuniones. La mayoría lleva una década sin redactar un solo documento.

La gente cree que el tipo de abogacía que ejercemos es el menos ambicioso y, aunque es cierto que en muchos aspectos tiene menos encanto —no hay alegatos finales ni declaraciones a los medios de comunicación—, nada es comparable al poder de la letra impresa. Al final, la ley se reduce a lo que está escrito, y lo escribimos nosotros.

Me encanta el orden de los acuerdos, la claridad del lenguaje, su escaso margen para la interpretación y su nulo margen de error. Me encantan los términos expresados negro sobre blanco. Me encanta cuando justo antes de cerrar un trato, sobre todo uno con la magnitud de los de Wachtell, surgen obstáculos aparentemente insuperables. Escenarios apocalípticos, desacuerdos y detalles que amenazan con echarlo todo a perder. Parece imposible llegar a conjugar a ambas partes en la misma página, pero de alguna manera lo conseguimos. De alguna manera, se llega a un acuerdo y se firma. De alguna manera, se hacen tratos. Y cuando se materializan, es emocionante. Mejor que cualquier día en los juzgados. Está escrito. Atado y bien atado. Cualquiera puede doblegar la voluntad de un juez o de un jurado con osadía, pero hacerlo por escrito, negro sobre blanco, es un arte. Es la verdad hecha poesía.

El sábado voy a casa solo para ducharme y cambiarme de ropa. El domingo vuelvo pasada la medianoche. Cuando llego, David duerme, pero hay una nota en la encimera y pasta en la nevera: con queso y pimienta, de L'Artusi, mi preferida. David siempre es así de considerado: deja mi comida preferida en la nevera y el chocolate que me gusta en la encimera. También ha pasado el fin de semana en la oficina, pero desde que trabaja en el fondo de inversión tiene más autonomía que yo, que todavía estoy a merced de los socios, los clientes y los caprichos de los mercados. Para David, lo fundamental es la Bolsa; buena parte del dinero que maneja su empresa es una inversión a largo plazo, lo que le quita mucha presión al día a día. Como a él le gusta decir: «No me tropiezo con nadie en mi despacho».

Tengo dos llamadas perdidas y tres mensajes de Bella a quien he estado ignorando todo el fin de semana; de hecho, toda la semana. No sabe que David y yo nos hemos prometido en el suelo del salón, que estamos planificando oficialmente la boda para diciembre, o que lo haremos cuando tengamos un segundo libre.

Le escribo un mensaje. «Me he pasado el fin de semana trabajando y acabo de llegar. Mañana te llamo.»

A pesar de llevar setenta y dos horas sin dormir, no estoy cansada. Tenemos las firmas. Mañana —hoy en realidad—, nuestros clientes anunciarán la adquisición de una empresa de diez mil millones de dólares. Se están expandiendo por el mundo y van a revolucionar el modo en que la gente compra los comestibles.

Me siento como siempre después de cerrar un caso importante: a tope. La única vez que tomé cocaína fue una desafortunada noche en la facultad, pero tengo la misma sensación. El corazón me late deprisa y tengo las pupilas dilatadas. Podría correr una maratón. Hemos ganado.

Hay una botella de chianti abierta en la encimera. Me sirvo una copa. La cocina de nuestro piso tiene una gran ventana que da a Gramercy Park. Me siento a la mesa y miro por la ventana. Fuera, reina la oscuridad, pero las luces de la ciudad iluminan los árboles y la acera. Cuando me mudé a Nueva York, solía pasear por este parque y pensar que algún día viviría cerca. Ahora, David y yo tenemos una llave. Podemos entrar en el parque cuando queramos, pero no lo hacemos, claro. Estamos muy ocupados. Entramos el día que nos dieron la llave, con una botella de champán, y nos quedamos el tiempo suficiente para abrirla y comer unas tostadas. Desde entonces no hemos vuelto, pero es agradable verlo por la ventana. Y el piso es muy céntrico. Me prometo a mí misma que David y yo iremos a tomar granizado de café allí y haremos planes de boda pronto.

Es un piso bonito. Tiene dos dormitorios y techos altos, una cocina completa y un comedor y un salón. Lo decoramos en grises y blancos. Es un ambiente tranquilizador, sereno. Se parece a uno de esos pisos que salen en las fotos. Es todo lo que siempre he querido. Me miro la mano. Sigo llevando el anillo de compromiso. Pronto llevaré una alianza. Me termino la copa de vino, me lavo los dientes y la cara y me acuesto. Me quito el anillo y lo dejo en un cuenco pequeño que tengo en la mesita de noche. Me lanza un destello, una promesa. Juro que lo primero que haré mañana será llamar a un organizador de bodas.

12

El lunes salgo del trabajo a las siete, una hora antes de lo debido, y me reúno con Bella en la Snack Taverna del West Village. Es un restaurante diminuto donde sirven la mejor comida griega de toda la ciudad y al que vamos desde que nos mudamos a Nueva York..., mucho antes de que pudiera permitírmelo.

Bella vuelve a llegar quince minutos tarde. Pido para ambas habas con aceite de oliva y ajo, su plato preferido. Cuando llega, ya están en la mesa.

Esta mañana me ha escrito un mensaje pidiéndome que cenáramos juntas. «Hace demasiado que no nos vemos. Tengo la sensación de que me evitas.» Nunca, o poquísimas veces, salgo antes del trabajo. Cuando David y yo reservamos mesa para cenar lo hacemos siempre para las ocho y media o las nueve. Hoy, sin embargo, pasan unos minutos de las siete, todavía no ha anochecido y aquí estoy. Bella ha sido siempre la única persona capaz de hacerme incumplir mis normas.

—¡Qué calor hace en la calle! —exclama en cuanto llega. Lleva un vestido blanco de brocado y encaje de Zimmermann y sandalias doradas de tiras, el pelo recogido en un moño con algunos mechones sueltos.

—Es bochorno. El verano ha empezado de repente. —Me inclino por encima de la mesa para besarle la mejilla. Llevo la blusa de seda y la falda entallada sudadas. Apenas tengo ropa de verano. Por suerte, el aire acondicionado del restaurante está a tope.

—¿Qué tal el fin de semana? ¿Has podido dormir un poco? —me pregunta.

Sonrío.

—No.

Cabecea.

—Te ha encantado.

—Tal vez. —Le sirvo las habas. Tengo que saberlo—: ¿Sabéis algo del piso?

Me mira con el ceño fruncido antes de entender por fin a qué me refiero.

—¡Ah, vale! Creo que quiero otro, una casa absolutamente brutal de Meatpacking. La verdad, no sabía que quedara algo así allí. Hoy en día es todo tan común...

—¿El *loft* de Dumbo no te gusta?

Se encoge de hombros.

—Es que no estoy segura de querer vivir allí. Solo hay una tienda de comestibles y en invierno debe de hacer mucho frío, con todas esas calles anchas tan cerca del agua... Me parece que está un poco aislado.

—Está cerca de todos los trenes —le digo—. Y la vista es espectacular. Tiene mucha luz, Bella. Te imagino pintando en ese piso.

Bella me mira entrecerrando los ojos.

—¿Qué pasa? El *loft* no te gustaba nada. Me dijiste que no me lo planteara siquiera.

Descarto con un gesto sus palabras. Pero tiene razón. ¿Qué estoy haciendo? Las palabras me salen sin control.

—No lo sé —le digo—. ¿Qué voy a saber yo? Llevo diez años viviendo en un radio de diez manzanas.

Bella se acerca a mí. Me sonríe con astucia.

—Te encanta ese piso.

Es un espacio vacío, pero tengo que admitir que es precioso. Industrial, enérgico y tranquilo a la vez.

—No —niego con determinación, de forma categórica—. Es un montón de contrachapado. Solo estoy haciendo de abogado del diablo.

Bella cruza los brazos.

—Te encanta —repite.

No sé por qué no puedo abominar de él. Decirle que tiene razón, que hace mucho frío, que está muy lejos, que es absurdo, y descartarlo. Tendría que estar encantada de que se haya olvidado del *loft*. Quiero que lo olvide. Quiero que ese piso se esfume. De momento, me las he apañado bien para evitar el momento fatídico. Si el piso desaparece, también desaparecerá lo que pasó allí.

—No es verdad —le digo—. Dumbo está lejos. Además, Aaron dijo que necesita mucho trabajo. —Esto último no es del todo cierto.

Bella abre la boca para decir algo, pero vuelve a cerrarla.

—Así que las cosas os van bien, ¿eh, chicos? —aventuro.

Bella suspira.

—Dijo que te lo pasaste bien en el piso. Que puede que él te guste un poco más. Dijo que fuiste amable, lo que es completamente impropio de ti.

—¡Oye!

—Puedes ser muchas cosas —me dice—, pero amable... Nunca lo habría dicho.

Me asalta el recuerdo de Bella y yo, neoyorquinas de nuevo cuño, haciendo cola para entrar en un club absurdamente caro de Meatpacking. Bella me había prestado un vestido suyo, algo corto y con brillo, y hacía frío, aunque no recuerdo qué estación del año era, si finales de otoño o principios de primavera. No llevábamos abrigo, como de costumbre a los veintitantos.

En ese breve recuerdo, Bella coquetea con el portero, un relaciones públicas llamado Scoot o Hinds o algo también malsonante, un tipo al que le gusta que lleguen chicas atractivas y que aprecia que aparezca Bella. Mi amiga le está diciendo que tiene unas cuantas amigas y que quiere que entren con ella.

—¿Les caes bien? —le pregunta el tipo.

—A ninguna... —bromea Bella. Sacude la melena.

—¿Y a ella? —Scoot me señala con el dedo. No está muy impresionado que digamos.

Ser amiga de Bella siempre me ha hecho sentir un poco a su sombra. Por lo general me hacía sentir insegura, puede que siga haciéndome sentir así, pero con el tiempo hemos encontrado nuestro espacio, nuestro terreno compartido, nuestro equilibrio, y nos complementamos. Haciendo cola a las puertas de ese club todavía no lo habíamos conseguido.

Bella se inclina y le susurra algo al oído a Scoot. No oigo qué le dice, pero me lo imagino. «Es princesa, ¿sabes? De la realeza. La quinta en la línea de sucesión al trono de Holanda. Una Varderbilt.»

Me daba vergüenza que Bella tuviera que hacer eso. Aquella noche en Meatpacking también me dio vergüenza, pero nunca se lo dije. Tenerla cerca es mi regalo; el suyo, es mi silencio. Le hago la vida más cómoda y sólida. Y gracias a ella, la mía es más luminosa e intensa. Es justo. Es un buen trato.

—Pasen, señoritas —dice Scoot.

Lo hacemos. Entramos en Twitch o Slice o Markd o comoquiera que se llame el local. Ya no existe. Bailamos. Los hombres nos invitan a copas. Me siento guapa con su vestido, a pesar de que es un poco demasiado corto para mí y de que me deja el pecho un poco suelto. Me aprieta donde no debe. En determinado momento, dos hombres se nos acercan para ligar. No me interesa. Tengo novio. Está en la Facultad de Derecho de Yale. Llevamos ocho meses saliendo. Le soy fiel. Puede que me case con él, pero es una idea pasajera.

Dondequiera que vamos, Bella coquetea. No le gusta que yo no lo haga. Opina que me reprimo, que no sé cómo pasármelo bien. Tiene razón, pero no siempre. Esta forma de divertirse no me va, así que me resulta imposible participar. Trato de aprender las reglas todo el rato, pero me doy cuenta de que la gente que triunfa no sigue ninguna.

Uno de los tipos hace un comentario y todos se ríen, pero yo pongo los ojos en blanco.

—¡Qué amable eres! —me reprocha.

Ahora, en el restaurante, pongo un haba encima de un trocito de biscote. Está caliente y el ajo me estalla en la boca.

—Morgan y Ariel conocieron a Greg el sábado —dice Bella—. Les encantó a las dos.

Morgan y Ariel son una pareja a la que Bella conoció en el mundillo de las galerías de arte hace cuatro años. Desde entonces, han llegado a ser más amigas de David y mías que suyas, sobre todo porque se nos da mejor reservar mesa para cenar y permanecer en el país. Morgan es fotógrafa. Se dedica a los paisajes urbanos y tiene un libro titulado *En lo alto* que se publicó el año pasado a bombo y platillo. Ariel trabaja en un grupo de inversión.

—Ah, ¿sí?

—Sí —me dice—. Sinceramente, pensé que a ti también te gustaría. No estoy enfadada —prosigue mientras mastico—, pero es que siempre quieres que sea más seria y que esté con alguien a quien yo le importe. No dejas de decírmelo. Y a él le importo, pero por lo visto a ti te da igual.

—No me da igual —le digo. No quiero seguir hablando de esto.

—Pues tienes una forma rara de demostrarlo. —Está molesta. Tiene la voz tensa, abre los brazos.

Me apoyo en el respaldo de la silla.

—Ya lo sé. —Trago saliva—. Me refiero a que me doy cuenta. A que veo que le importas. Y me alegro por ti.

—Ah, ¿sí?

—Sí. Parece un buen chico.

—¿Un buen chico? Venga, Dannie, eso es patético.

Está de mal humor, furiosa. No la culpo. No le estoy dando nada.

—Estoy realmente loca por él —continúa—. Nunca me había sentido así. Ya sé que lo he dicho muchas veces y que ahora no me crees...

—Te creo.

Bella hinca los codos en la mesa y se inclina hacia mí hasta quedar a un palmo de mi cara.

—¿Qué pasa? —me pregunta—. Soy yo, Dannie. Puedes decirme lo que sea. Ya lo sabes. ¿Qué es lo que no te gusta de él?

De repente, se me llenan los ojos de lágrimas. Es una reacción impropia de mí. Parpadeo, más por la sorpresa que por frenar el llanto. Bella parece tan esperanzada ahí sentada frente a mí, tan inocente incluso. Tan llena de esa posibilidad que afirma sentir... Y yo tengo un secreto enorme que no puedo contarle. Algo profundo, terrible y extraño me ha sucedido y ella no lo sabe.

—Supongo que te he tenido para mí sola mucho tiempo —le digo—. No es justo, pero la idea de que estés de verdad con alguien me pone... no sé... —Trago saliva—. Celosa, quizá.

Se aparta satisfecha. Gracias a Dios se me ha ocurrido algo que decirle. Menos mal que soy abogada. Se lo ha tragado. Le encuentra sentido. Sabe que siempre he querido estar lo más cerca posible de ella, en primera fila, y me lo ha concedido.

—Pero tú tienes a David y está bien —me dice.

—Sí, pero siempre ha sido así, no es lo mismo.

Asiente en silencio.

—Pero tienes razón —prosigo—. Es una estupidez. Las emociones no siempre obedecen a la razón supongo.

Suelta una carcajada.

—Jamás pensé que te oiría decir eso. —Me aprieta una mano—. No cambiará nada, te lo prometo. Y si cambia, será para mejor. Me verás incluso más. Me verás tanto que te hartarás de mí.

—Bien, pues brindemos... Espero hartarme de ti.

Bella sonríe. Chocamos las copas. Luego hace un gesto de ida y vuelta con la mano delante de su cara.

—Así que te gusta, más o menos. Tal vez. Estás celosa. Dejémoslo así, ¿vale?

Asiento en silencio.

—De acuerdo.

—Pero en realidad es... —No termina la frase y cierra los ojos—. No sé cómo describirlo. Es como si por fin lo entendiera, ¿sabes? Eso de lo que todo el mundo habla.

—Bella, eso es maravilloso.

Frunce la nariz.

—¿Tú qué tienes que contarme?

Inspiro profundamente y soplo levemente.

—David y yo nos hemos prometido —le digo.

Alza el vaso de agua.

—Dannie, esa es una noticia muy antigua.

—Tiene cuatro años y medio de antigüedad.

—Cierto.

—No. Lo que quiero decir es que vamos a casarnos. En serio. Nos casamos en diciembre.

Bella abre los ojos como platos. Luego me mira la mano.

—La madre que... ¿En serio?

—En serio. Ya es hora. Los dos estamos tan ocupados que siempre hay un motivo para no hacerlo, pero me he dado cuenta de que hay uno muy bueno para hacerlo. Así que nos casamos.

El camarero se acerca y Bella se vuelve de golpe hacia él.

—Tráigame una botella de champán en diez minutos —le dice.

El empleado se marcha.

—Lleva mucho tiempo pidiéndome que marque una fecha.

—Ya lo sé. Pero tú siempre le has dicho que no.

—No le decía que no, pero tampoco le decía que sí.

—¿Qué ha cambiado?

La miro. Bella. Mi Bella. Está radiante, enamoradísima. ¿Cómo voy a decirle que ella es la razón del cambio?

—Supongo que por fin sé qué quiero en el futuro —le respondo.

Asiente.

—¿Se lo habéis contado a Meryl y Alan?

Son mis padres.

—Por teléfono. Están entusiasmados. Nos han preguntado si queremos celebrar el banquete en el hotel Rittenhous de Filadelfia.

—¿Lo haréis? Es corriente y vulgar. —Frunce la nariz—. Siempre imaginé que harías algo muy al estilo Manhattan.

—Soy corriente y vulgar. Siempre lo olvidas.

Me sonríe.

—Pero no será en Filadelfia —añado—. Demasiados inconvenientes. Ya veremos qué hay disponible en la ciudad.

Llega el champán y nos llenan las copas. Bella acerca la suya a la mía.

—Por los hombres buenos —brinda—. Por que los conozcamos, los amemos y nos amemos los unos a los otros.

Trago un sorbo burbujeante.

—Me muero de hambre —digo—. Voy a pedir.

Bella deja que decida. Pido una ensalada griega, cordero *souvlaki*, *spanakopita* y berenjenas al horno con *tahini*.

Nos sumergimos en la comida como en un baño.

—¿Te acuerdas de la primera vez que vinimos aquí? —me pregunta Bella. Pocas veces comemos o cenamos sin que ella traiga a colación algún recuerdo. Es muy sentimental. A veces pienso que cuando seamos viejas va a ser insoportable tener que hacer memoria de tanto pasado. Ahora somos jóvenes y ya hay demasiado que rememorar, demasiadas cosas que la hacen llorar. La vejez va a ser brutal.

—No —le respondo—. Es un restaurante. Hemos venido muchísimas veces.

Bella pone los ojos en blanco.

—Acababas de mudarte desde Columbia y celebrábamos tu trabajo en Clarknell.

Niego con la cabeza.

—Celebramos lo de Clarknell en Daddy-O.

Era el bar de la Séptima Avenida al que solíamos ir a cualquier hora de la noche durante los primeros tres años de nuestra vida en Nueva York.

—No —me rebate Bella—. Allí conocimos a Carl y a Berg antes de venir aquí tú y yo solas.

Tiene razón, fue así. Recuerdo las mesas con velitas y que había un cuenco con peladillas en la puerta. Metí dos puñados en un compartimento del bolso cuando nos fuimos. Ya no hay peladillas, seguramente por culpa de clientes como yo.

—Puede que sí —admito.

Bella cabecea.

—Tú nunca puedes estar equivocada.

—De hecho, eso forma parte de la definición de mi trabajo —le digo—. Pero me parece recordar una noche de finales de 2014.

—Mucho antes de David —dice Bella.

—Sí.

—¿Le quieres? —Es una pregunta rara, ambas sabemos la respuesta, y que ella lo haya preguntado también.

—Sí. Queremos las mismas cosas, tenemos los mismos planes. Nos llevamos bien, ¿entiendes?

Bella corta una loncha de queso feta y le pincha un tomate.

—Pues entonces sabes lo que se siente —dice.

—¿Qué?

—Al haber encontrado a la persona ideal para ti.

Bella me sostiene la mirada y siento un pinchazo agudo en el estómago. Es como si me hubiera clavado el palillo.

—Lo siento —le digo—. Siento haber estado rara con Aaron. Me gusta, de verdad, y si tú le quieres, yo también lo haré, pero tómatelo con calma.

Se lleva el queso a la boca y mastica.

—Imposible —dice.

—Lo sé —admito—, pero soy tu mejor amiga. Tenía que decírtelo de todos modos.

13

El bochorno de julio nos golpea con empalagosa inevitabilidad. El tiempo todavía va a empeorar antes de mejorar. Queda por pasar agosto. Un miércoles de finales de mes, David me pide que comamos juntos en Bryant Park.

En verano, ponen mesas y los hombres de negocios almuerzan al aire libre. El despacho de David está entre las calles Treinta y Cuarenta y el mío, en la Cincuenta, de manera que la esquina de la Cuarenta y dos con la Sexta Avenida es nuestro mágico punto equidistante. Poquísimas veces comemos juntos, pero si lo hacemos, suele ser en el parque Bryant.

David me espera con dos ensaladas Niçoise de Pret y un Arnold Palmer de Le Pain Quotidien, mi té helado con limón preferido. Ambos establecimientos están a poca distancia andando y tienen sitio dentro para sentarse, así que durante los meses más fríos podemos comer ahí.

No somos caprichosos para almorzar. La mayoría de los días me contentaría con una ensalada de un *deli* para dos de las tres comidas. De hecho, una de nuestras primeras citas fue en este mismo parque y comimos esta misma ensalada. Nos sentamos fuera a pesar de que hacía demasiado frío y cuando David se dio cuenta de que yo temblaba, se quitó la bufanda y me la puso antes de ir corriendo a buscarme un café caliente al carrito de la esquina. Fue un pequeño gesto, pero muy indicativo de cómo era... de cómo es. Siempre ha estado dispuesto a anteponer mi felicidad a su bienestar. Cojo un taxi para reunirme con él, pero sigo empapada de sudor cuando llego.

—Hay treinta y ocho grados —digo, acomodándome en el asiento frente a él. Tengo ampollas en los talones. Necesito talco y una pedicura de inmediato. No recuerdo la última vez que me paré a arreglarme las uñas.

—Treinta y cinco y medio, de hecho —dice David, leyendo la pantalla de su móvil.

Lo miro asombrada.

—Lo siento —se disculpa—. Te entiendo.

—¿Por qué comemos fuera? —Cojo el vaso de té helado. Milagrosamente, sigue frío, aunque el hielo se ha derretido casi por completo.

—Porque nunca disfrutamos del aire fresco.

—Este de fresco tiene más bien poco —digo—. ¿Los veranos no son cada vez peores?

—Sí.

—Tengo demasiado calor hasta para comer.

—Mejor —me dice—. Porque lo de comer era un ardid. —Saca una agenda y la planta en la mesa, entre los dos.

—¿Qué es eso?

—Una agenda. Fechas, horas, números. Tenemos que empezar a organizarla.

—¿La boda?

—Sí, la boda. A menos que nos pongamos ya a llamar, va a estar todo reservado. Ya casi lo está. Por la noche estamos demasiado cansados para hablar del asunto, por eso llevamos cuatro años esperando.

—Y medio —le recuerdo.

—Es verdad. Cuatro y medio.

Se muerde el labio inferior y cabecea.

—Necesitamos un organizador de carne y hueso —le digo.

—Sí, pero para contratar un organizador antes tenemos que organizarnos nosotros. Mucha gente importante reserva con dos años de antelación.

—Lo sé.

—No estoy diciendo que esto sea cosa tuya —dice David—, sino que creo que podríamos hacerlo juntos. Me gustaría, si tú quieres.

—Claro que sí. Me encantaría.

Hasta este punto desea casarse conmigo. Hasta el punto de dedicar su hora del almuerzo a que veamos la revista *Bride's*.

—Nada de horteradas —me dice.

—Me ofende que creas necesario advertírmelo.

—Y me parece que no deberíamos celebrar banquete —añade—. Demasiado trabajo, y no quiero despedida de soltero.

El de Pat, en Arizona, no salió exactamente como estaba planeado. Reservaron el hotel equivocado y acabaron pasando nueve horas y media en el aeropuerto. Todos se emborracharon con cerveza y *bloody marys*, y David estuvo resacoso todo el fin de semana.

—Estoy de acuerdo contigo. Que Bella nos entregue los anillos o algo así.

—Perfecto.

—Y solo flores blancas.

—Me parece bien.

—Un aperitivo abundante, ¿a quién le importa la cena?

—Exacto.

—Y barra libre.

—Pero chupitos no. —David sonríe.

—¿Nada de chupito especial para la boda? Está bien.

Se mira la muñeca.

—Un gran progreso. Tengo que irme.

—¿Y ya está? ¿Decidimos unas cuantas cosas y nos marchamos corriendo?

—¿Ahora quieres comer?

Miro la pantalla del móvil. Siete llamadas perdidas y treinta y dos correos electrónicos.

—No. Ya era tarde cuando he llegado aquí.

David se levanta y me da una ensalada. La cojo.

—Lo conseguiremos —le digo.

—Sé que lo conseguiremos.

Imagino a David con jersey y una alianza en el anular descorchando una botella de vino en la cocina de casa una íntima noche de invierno. Tengo una sensación de comodidad duradera. La materia prima de una vida acogedora.

—Soy feliz —le digo.

—Me alegro —me responde—, porque sea como sea, te tengo atrapada.

14

Estamos a finales de agosto. Hace mucho, en enero, David y yo planeamos pasar en Amagansett el fin de semana del Día del Trabajo con Bella y nuestras amigas Morgan y Ariel.

Bella y Aaron siguen juntos y, como era de esperar, él se sumará a este viaje. El fin de semana será, por lo tanto, una cita triple, lo cual me parece bien. Desde siempre, Bella y yo tenemos horarios diferentes para ir a la playa. Ella duerme hasta tarde y sale de fiesta hasta tarde. Yo me levanto al amanecer y salgo a correr, preparo el desayuno para las dos y trabajo unas horas antes de irme a la playa.

David ha alquilado un coche en Zipcar que ha resultado no ser demasiado adecuado para llevarnos a nosotros dos, nuestro equipaje y a Morgan, que nos acompaña en el trayecto. Ariel cogerá el minibús después del trabajo.

—Este trasto parece de tablero de Monopoly —dice Morgan. Tiene unos cuarenta y pico, algo que nadie diría de no ser por el pelo salpicado de canas. Tiene cara de niña, sin arrugas, ni siquiera unas leves patas de gallo. Es increíble. Yo me he estado inyectando bótox a escondidas desde los veintinueve; David me mataría si se enterara.

—Me dijeron que era para cuatro personas. —David está encajando mi bolsa de viaje para el fin de semana encima de nuestra maleta, empujándola con el hombro.

—Para cuatro personas diminutas y su equipaje de personas diminutas.

Suelto una carcajada. Todavía faltan la mochila y la maleta de ruedas de Morgan. Dos horas después, estamos de camino en un SUV que David ha alquilado en el último momento en Hertz. Hemos dejado el de Zipcar mal aparcado en nuestra calle. Nos han prometido que irán a recogerlo de inmediato.

Morgan va delante con David. Yo mantengo el portátil en equilibrio sobre las rodillas en la parte trasera. Es jueves y, aunque esta semana es oficialmente de vacaciones, todavía me queda trabajo por hacer.

Cantan con Lionel Richie *Endless Love*:

> *Y quiero compartir todo mi amor contigo.*
> *Nadie más lo hará.*

—Esto me recuerda que necesitamos una lista de temas que no pueden sonar en la boda —les grito desde atrás.

Morgan apaga la música.

—¿Cómo van los preparativos? —nos pregunta.

David se encoge de hombros.

—Soy moderadamente optimista —le responde.

—Miente —digo yo—. Vamos con muchísimo retraso.

—¿Vosotras cómo lo hicisteis? —le pregunta David.

Morgan y Ariel se casaron hace tres años. Fue un fin de semana épico en los Catskills. Alquilaron una posada temática llamada The Roxbury y la boda se celebró en varias construcciones de una granja vecina. Trajeron de todo: mesas, sillas, candelabros. Colocaron con ingenio balas de heno para separar la zona del salón de la pista de baile. En una barra servían queso y whisky y cada mesa tenía el ramo de flores silvestres más hermoso jamás visto. *The Cut* y *Vogue* publicaron fotos de su boda en Internet.

—Fue fácil —dice Morgan.

—No estamos a su nivel, cariño —le digo—. En nuestro piso todo es blanco.

Morgan se ríe.

—Por favor. Sabes que es algo que me encanta. Nos divertimos haciéndolo. —Juega con el dial de la radio—. Así que viene Greg.

—Creo que sí. Viene, ¿verdad? —David me mira por el retrovisor.

—Sí.

—Es estupendo, ¿a que sí? —comenta Morgan.

—Es muy agradable —dice David—. Solo lo hemos visto... ¿cuántas veces? ¿Una? Ha sido un verano de locos. Me cuesta creer que haya terminado. —Me mira de nuevo por el retrovisor.

—Que casi haya terminado —puntualiza Morgan.

Respondo desde el asiento trasero con un ruidito gutural que podría interpretarse de cualquier forma.

—Parece serio, además, tiene trabajo y no está tratando constantemente de que ella salga del país a cuenta de la tarjeta de crédito de sus padres —dice David.

—No es un artista chiflado y vividor como nosotras —se mofa Morgan.

—Eh, que tú tienes más éxito que nosotros.

Es cierto. Morgan vende todo lo que expone. Se pagan cincuenta mil dólares por sus fotografías. Gana más por un trabajo editorial de veinticuatro horas que yo en dos meses.

—Tuvimos una cena muy agradable con él hace unas semanas —dice Morgan—. Bella está diferente. La semana pasada me pasé por la galería y lo pensé de nuevo. Tiene los pies en la tierra.

—Estoy de acuerdo —digo—. Está más centrada.

La verdad es que desde aquel día en el parque en el que David y yo empezamos a hablar en serio de la boda, he estado pensando cada vez menos en mi sueño. Ahora estamos construyendo el futuro adecuado, el futuro por el que hemos estado trabajando. Todo indica que esta «versión» será la que viviremos en diciembre. No estoy preocupada.

—Está siendo su relación más larga con diferencia —dice Morgan—. ¿Creéis que este será el definitivo?

Guardo el borrador de un correo electrónico.

—Eso parece.

Dejamos la autopista y apago el portátil. Casi hemos llegado.

La casa es la que llevamos alquilando para esta misma semana desde hace cinco años ininterrumpidamente. Está en Amagansett, al final de Beach Road. Es vieja. Las tejas se están cayendo y los muebles están mohosos, pero es perfecta porque está al borde del mar. Lo único que la separa del agua es una duna de arena. Me encanta. En cuanto pasamos el Stargazer y cogemos la Veintisiete, bajo la ventanilla para que entre la brisa salada y densa. Enseguida me relajo. Me encantan los enormes árboles que flanquean las calles y que llegan hasta la extensa playa: cielo amplio, mar inmenso y aire. Espacio.

Cuando aparcamos delante de la casa, ya está bien entrada la tarde y Bella y Aaron están dentro. Ella ha alquilado un descapotable amarillo. Está aparcado enfrente, como una alegre bienvenida. La puerta de la vivienda está abierta de par en par, como si acabaran de llegar, aunque sé que no es así porque Bella me ha mandado hace horas un mensaje diciéndome que habían llegado.

Mi primera reacción es de enfado. ¿Cuántos veranos, cuántas veces le he dicho que mantenga las puertas cerradas para que no entren bichos? Pero me corrijo. Es «nuestra» casa, al fin y al cabo, no es solo mía. Y quiero que pasemos todos un fin de semana agradable.

Ayudo a David a descargar el coche. Le estoy pasando a Morgan su maleta con ruedas cuando Bella sale de la casa. Lleva un vestido de lino celeste con manchas de pintura en la falda. Eso me llena de alegría. Que yo sepa, no ha pintado en todo el año y el hecho de verla con el pelo revuelto al viento y la atmósfera creativa que la rodea como la niebla es maravilloso.

—¡Ya estáis aquí! —Abraza a Morgan y me planta un beso en la sien—. Le he dicho a Ariel que la recogeríamos en la estación dentro de unos veinte minutos. David, ¿puedes ir a buscarla? No sé cómo cerrar la capota —dice, señalando el alegre descapotable.

—Yo lo haré —dice Morgan.

—No hay problema —se ofrece David a pesar de que el tráfico era espantoso y llevamos en el coche casi cinco horas—. Deja que saque nuestras cosas primero.

Bella me da un beso en cada mejilla.

—Vamos dentro —le dice a Morgan—. Ya he repartido las habitaciones.

David me mira enarcando las cejas mientras la seguimos.

La casa está decorada en parte como una vieja granja y en parte como el primer apartamento de una universitaria, con sofisticada dejadez. Antiguos arcones y muebles de madera combinados con enormes sofás blancos y cojines de Laura Ashley.

—Vosotros dos en la planta baja —nos dice a David y a mí.

El dormitorio de abajo es el nuestro. Lo es desde la primera vez que alquilamos la casa, el verano que vino Francesco y él y Bella se pelearon a gritos en la cocina durante treinta y seis horas hasta que él se largó en plena noche... con el único coche que habíamos alquilado para el fin de semana.

—Morgan y Ariel arriba, con nosotros.

—Sabes que no somos heterosexuales —dice Morgan ya en las escaleras.

—Yo no soy hetero —dice Bella.

—Ya, pero tu novio sí.

David y yo dejamos las maletas en el dormitorio. Me siento en la cama. Es de mimbre, al igual que el tocador y la mecedora. Me invade una nostalgia que no suelo sentir y en la que no suelo recrearme.

—Este año han puesto sábanas nuevas —dice David.

Me fijo en ellas. Tiene razón. Son blancas y antes eran estampadas, de cachemira.

David se agacha a besarme levemente la frente.

—Me voy. ¿Te hace falta algo?

Niego con la cabeza.

—Desharé el equipaje. —Se inclina hacia delante con las manos en los codos para estirarse. Me levanto y le froto la espalda donde sé que tiene la contractura.

Hace un gesto de dolor.

—¿Quieres que vaya yo a buscarla? Puedo ir. Has conducido cinco horas —le propongo.

—No —me responde todavía doblado—. Se me ha olvidado poner tu nombre en el contrato de alquiler del coche. —Se endereza y oigo cómo le crujen las vértebras—. Adiós. —Me besa, saca las llaves del bolsillo y se va.

Abro el armario. La barra está, pero las perchas no. Como siempre, Bella me las ha quitado todas y se las ha llevado arriba.

Salgo al pasillo en busca de otro armario y veo a Aaron en la cocina.

—Hola —me saluda—. Ya habéis llegado. Lo siento, he ido a nadar.

Va en bermudas, con una toalla sobre los hombros a modo de capa.

—David se ha ido al pueblo a buscar a Ariel —le digo.

Asiente en silencio.

—Qué amable. No me habría importado en absoluto ir.

—No importa, a David le encanta conducir.

Me sonríe.

—Morgan está arriba con Bella. —Señalo el techo. Oigo sus pisadas en el suelo de tarima.

—¿Tienes hambre? —me pregunta.

Abre la nevera y saca tres aguacates. Me sorprende la comodidad, la familiaridad con la que se mueve por la casa.

—¡Ah sí, que tú cocinas! —digo.

Se me queda mirando con la cabeza ladeada.

—Quiero decir que... —prosigo—, eso dice Bella.

Asiente.

Lo que Bella me dijo en realidad fue que Aaron preparó *risotto* de calabaza con salvia, pero que, antes de probar bocado, hicieron el amor en la encimera, allí mismo, en la cocina. Ahuyento esa imagen y me froto la cara, sacudiendo la cabeza.

—¿Eso significa que no quieres guacamole?

—¿Qué? No, sí, por supuesto. Estoy muerta de hambre —le aseguro.

—Es usted muy peculiar, señorita Kohan.

Va reuniendo los ingredientes: cebollas, cilantro, jalapeños y otras verduras.

—¿Puedo ayudarte? —le digo.

—Puedes abrir esa botella de tequila. —Me indica con un gesto el lugar de la encimera donde nuestra provisión de bebida para el fin de semana está expuesta. Localizo el tequila.

—¿Con hielo? —le pregunto—. Voy a servirlo.

—Gracias.

Cojo dos vasos pequeños de la alacena y vierto un dedo de tequila en cada uno. Saco la bandeja del hielo sujetando el cajón inferior del congelador con cuidado, otra peculiaridad de la casa.

—Ahí va. —Aaron me lanza una lima. Fallo y sale rodando de la cocina. La estoy persiguiendo a gatas cuando Bella baja las escaleras flotando, todavía con su túnica azul, pero con el pelo recogido.

—Maldita lima —digo, atrapándola antes de que se meta debajo del sofá.

—Me muero de hambre —dice ella—. ¿Qué comemos?

—Aaron está preparando guacamole.

—¿Quién?

Sacudo la cabeza.

—Greg. Perdón —corrijo.

—¿Qué os apetece cenar? —nos dice Bella.

La sigo hasta la cocina. Se abraza a la cintura de Aaron y le besa la nuca. Él le ofrece su tequila. Ella niega con la cabeza.

Por supuesto, sé que han estrechado lazos, que mientras yo me he pasado todo el verano trabajando, Bella ha estado enamorándose de este hombre. Sé que han ido a museos y a conciertos al aire libre y a las pequeñas vinotecas de moda. Sé que se han paseado por la Duodécima Avenida al anochecer y por el parque High Line al amanecer y que han hecho el amor en todos los muebles de su casa de piedra rojiza, o en casi todos. Me lo ha contado con pelos y señales. Sin embargo, viéndolos ahora, noto una punzada en el pecho que no sé muy bien cómo definir.

Me siento a la barra de la cocina y cojo un nacho de la bolsa que ha sacado Aaron. Él recoge la cebolla picada con la hoja del cuchillo y la echa en el bol de guacamole.

—¿Dónde aprendiste a cocinar? —le pregunto.

Cualquiera que sea hábil en el manejo de un cuchillo me impresiona. Me gusta pensar que carecer de esa habilidad es lo único que me impide ser una buena cocinera.

—He sido bastante autodidacta —me responde. Aparta a Bella y abre el horno para introducir en él un surtido de cebollas, patatas y pimientos en rodajas—. Pero crecí rodeado de comida. Mi madre era cocinera.

Sé lo que eso significa. No por lo que dice en sí, aunque sea revelador, sino por la forma en que lo dice, con un ligero matiz de perplejidad, como si no acabara de creérselo.

—Lo siento —digo.

Me mira.

—Gracias. Fue hace mucho tiempo.

—¿Dónde cenamos? —pregunta Bella con los brazos en jarra. Aaron pasa los suyos por las asas, tira de ella y le besa la mejilla.

—Donde quieras —le responde—. Del aperitivo ya me he ocupado.

—Tenemos mesa reservada para esta noche en el Grill o podemos acercarnos dando un paseo al Hampton Chutney si no nos apetece una cena abundante —digo.

Yo siempre me ocupo de reservar mesas para la cena. Bella se ocupa de escoger cuál aprovechar.

—Creía que al Grill iríamos mañana por la noche.

Cojo el móvil y abro el documento de las reservas. Uy.

—Tienes razón —admito—. La reserva es para mañana.

—Bien. De todos modos me apetecía quedarme aquí. —Se acurruca contra Aaron, que le abraza la cintura.

—Podríamos llamar a David y pedirle que pare en la tienda.

—No hace falta —dice Aaron—. Hemos venido cargados de comida. Tengo muchas cosas para cocinar. —Abre de par en par la puerta de la nevera.

Echo un vistazo por encima de la barra. Veo un despliegue de colores. Verdura y fruta, queso envasado, menta y perejil frescos, botes de aceitunas, unos cuantos limones y limas y una cuña grande de parmesano. Estamos bien abastecidos.

—¿Habéis traído todo eso? —les pregunto. Otros años, encontraba con suerte una barra de mantequilla. En la nevera de mi amiga nunca hay nada más que limones mohosos y vodka.

—¿A ti qué te parece? —me dice Bella.

—Que no me puedo creer que hayas ido a hacer la compra.

Sonríe.

Salgo al patio trasero con vistas al mar. Está nublado y tengo un poco de frío porque voy en camiseta y pantalones cortos. Tengo que ponerme una sudadera. Aspiro el aire fresco y salado y exhalo el viaje en coche, la semana y a Aaron en la cocina.

Abro los ojos al ritmo lento y melódico de Frank Sinatra. De la casa emana la melodía de *All the Way*. Al instante me acuerdo del Rainbow Room, de dar vueltas lentamente bajo su techo giratorio.

Me vuelvo y por la ventana veo a Bella en brazos de Aaron, moviéndose al compás de la música, con la cabeza apoyada en su hombro y una leve sonrisa en los labios. Ojalá pudiera sacarles una foto. La conozco desde hace veinticinco años y nunca la había visto tan relajada con nadie. Y tampoco la había visto nunca cerrar los ojos abrazada a un hombre.

No vuelvo a entrar hasta que oigo el crujido de las ruedas del coche de David en la grava. En ese momento, el sol ya casi se ha puesto del todo. Solo quedan un resplandor menguante y un azul tenue en el horizonte.

15

Cuando Bella y yo íbamos al instituto, solíamos jugar a un juego al que llamábamos Stop. Probábamos hasta qué punto podíamos describir algo tremendamente asqueroso y repugnante antes de que la otra se sintiera tan asqueada que tuviera que gritar: «¡stop!». Empezaba con un trozo de carne olvidado en la nevera y a partir de ahí seguíamos. Hormigueros, ronchas de hiedra venenosa, intestinos de vaca y el microentorno del fondo de la piscina comunitaria.

Me acuerdo del juego al día siguiente, cuando me topo con una gaviota muerta durante mi carrera matutina. Tiene el cuello doblado en un ángulo imposible y las alas destrozadas, con la carne, o lo que queda de ella, infestada de moscas. Hay un trozo de espinazo rojo separado del cuerpo.

Recuerdo que una vez leí que, cuando una gaviota muere, cae del cielo de golpe. Puedes estar sentada en la playa, disfrutando de un polo de naranja, y ¡pam!, gaviotazo en la cabeza.

La niebla es espesa, la bruma cubre la arena como una manta. Si pudiera ver a un kilómetro de distancia, cosa que no puedo, divisaría a algún otro corredor madrugador entrenando para la maratón de otoño. Sin embargo, hasta donde me alcanza la vista no hay nadie más que yo.

Me agacho para observar más de cerca la gaviota. No creo que lleve muerta mucho tiempo, pero aquí, en la naturaleza, todo se desarrolla con rapidez.

Le saco una foto para enseñársela a Bella.

Cuando me he levantado, todos dormían. David estaba como un tronco a mi lado y en el piso de arriba reinaba el silencio, pero no eran ni las seis. A veces, Ariel se levanta para trabajar. El verano pasado intenté que saliera a correr conmigo, pero me puso tantas excusas y tardó tanto que este año he jurado no invitar a nadie.

Nunca he sido de dormir hasta tarde, pero ahora, cuando pasan de las siete, me parece que son las doce. Necesito la mañana. Ser la primera en despertar es maravilloso, excepcional. Me siento realizada antes incluso de tomarme la primera taza de café. El día entero es mejor.

El trayecto de vuelta es corto, no más de dos kilómetros, y cuando llego a casa, siguen durmiendo. Subo los escalones de piedra gris hasta la cocina y abro la puerta corredera. Llevo la camiseta húmeda por la carrera, una mezcla de sudor y bruma marítima. Me la quito, la dejo en el respaldo de una silla y me ocupo de la cafetera en pantalones cortos y sujetador.

Abro la tapa, pongo el filtro, cuatro cucharadas bien colmadas de café y una de regalo para la cafetera. Somos muchos.

Inclinada hacia delante, con los codos apoyados en la encimera, esperando las primeras gotas de cafeína, oigo los pasos de Bella en la escalera. Siempre sé cuándo es ella. Sé cómo suena su cuerpo. Puedo oír su modo de caminar, un don perfeccionado por décadas de fiestas de pijamas, sus pies rondando por la cocina para ir a buscar un tentempié nocturno. Si fuera ciega, creo que detectaría su presencia cada vez que entrara en una habitación.

—Te has levantado temprano —le digo.

—Anoche no bebí. —La oigo sentarse en un taburete y coger un tazón del mueble—. ¿Has dormido bien?

David no hace ningún ruido mientras duerme. No ronca, no se mueve. Estar en la cama con él es como estar sola.

—Me gusta despertarme viendo el mar —le digo.

—Me recuerda a cuando tus padres tenían esa casa en la costa. ¿Te acuerdas?

Empieza a caer un chorro de café. Me vuelvo hacia Bella. Lleva el pelo suelto y enredado y un camisón de encaje blanco con un batín largo y abierto de rizo encima.

—¿Estuviste allí? —le pregunto.

Me mira como si estuviera loca.

—Sí. La tuvisteis hasta que cumplimos catorce años o así.

Niego con la cabeza.

—Nos deshicimos de ella cuando Michael... —digo. Después de tantos años, todavía no puedo usar esa palabra.

—No, no lo hicisteis. La tuvisteis unos cuatro veranos más. La casa de Margate. Esa con el toldo azul.

Saco la jarra de la cafetera. Silba porque todavía no ha terminado de salir el café. Le sirvo media taza y la dejo en la barra de la cocina, delante de ella.

—Esa no era nuestra.

—Sí que lo era —insiste Bella—. Estaba en la manzana que daba al mar. Esa casita blanca con el toldo azul. ¡La del toldo azul!

—No tenía toldo —digo. Saco leche de almendras y crema de café con aroma de avellana de la nevera. Bella se ha acordado y me la ha traído.

—Sí que tenía. ¡Estaba a dos manzanas del Wawa y teníais bicicletas y las guardábamos en la casa del toldo azul!

Le paso la leche de almendras. Agita el envase y se la sirve.

—Esta mañana había una gaviota muerta en la playa —le digo.

—¡Qué asco! ¿Un cadáver podrido? ¿Con el espinazo partido en pedazos? ¿Con los ojos carcomidos y las cuencas vacías?

—Stop. —Le paso el móvil y mira la foto.

—Las he visto peores.

—¿Sabes que caen a plomo del cielo cuando mueren? —le pregunto.

—Ah, ¿sí? ¿Y qué esperabas que hicieran?

La cafetera se pone en modo de mantenimiento de calor. Me sirvo una taza hasta el borde y le añado una generosa cantidad de crema.

Voy a sentarme al lado de Bella.

—No parece un día de playa —dice. Se gira sobre el taburete y mira por la ventana.

—Despejará.

Se encoge de hombros, toma un sorbo y tuerce el gesto.

—No sé cómo puedes beberte ese aguachirri de almendras —le digo—. ¿Para qué sufrir? ¿Sabes lo bueno que está esto? —Le enseño la taza.

—Es leche —me dice.

—No lo es.

—Soy yo. Es que me he sentido rara toda la semana.

—¿Estás enferma?

Traga saliva. Noto un nudo en la garganta.

—Estoy embarazada. Quiero decir que estoy bastante segura de que lo estoy.

Me quedo mirándola. Está radiante. Es como mirar el sol.

—¿Lo crees o lo sabes? —le digo.

—Lo creo... Lo sé.

—Bella...

—Lo sé. Es una locura. Empecé a sentirme rara la semana pasada, creo.

—¿Te has hecho la prueba?

Niega en silencio.

Bella estuvo embarazada una vez de un tipo llamado Markus al que ella quería tanto como él quería la cocaína. Nunca se lo dijo. Teníamos veintidós, quizá veintitrés años. Fue en nuestro primer y deslumbrante año en Nueva York.

—No me viene la regla —me dice—. Pensaba que a lo mejor me bajaría, pero no. Me noto el estómago raro, el pecho raro. Lo he estado posponiendo, pero creo... —No termina la frase.

—¿Se lo has dicho a Aaron?

Sacude la cabeza, negando.

—No estaba segura de que hubiera algo que contar.

—¿Cuántos días de retraso llevas?

Toma otro sorbo y me mira.

—Once.

Nos vamos al *drugstore* sin cambiarnos de ropa, ella con una sudadera encima del camisón y yo con la ropa de correr. No hay nadie en la tiendecita del pueblo aparte de la mujer que la lleva. Sonríe cuando le pedimos la prueba. Somos lo bastante mayores para que nos sonrían, para que un momento así sea considerado una bendición en lugar de una maldición. Eso siempre me sorprende.

Cuando volvemos, la casa sigue tranquila, dormida. Nos metemos las dos en el baño de abajo y nos sentamos nerviosas en el borde de la bañera, echando de vez en cuando un vistazo al mármol del lavabo.

El temporizador suena.

—Mira tú y me lo dices. Yo no puedo —me pide.

Dos líneas azules.

—Es positivo —le digo.

Una oleada de alivio le recorre el rostro, tan intenso que no tengo elección. Se me llenan los ojos de lágrimas.

—Bella... —le digo estupefacta.

—Un bebé —susurra.

El espacio que nos separa desaparece y nos fundimos en un abrazo. Mi Bella. Huele a polvos de talco y lavanda y a todas las cosas frescas y preciosas y jóvenes. Me siento tan protectora con estos dos corazones que laten en mis brazos que casi no puedo respirar.

Nos separamos, con los ojos húmedos, incrédulas, riendo.

—¿Crees que se enfadará? —me pregunta de pronto.

De repente, Bella está en el asiento del conductor de su Range Rover plateado y escuchamos *Anna Begins* con las ventanillas abiertas. Es verano y es tarde. Tendríamos que haber vuelto a casa hace horas, pero en casa de Bella no hay nadie. Su madre está en Nueva York para la inauguración de un restaurante y su padre, de viaje por trabajo.

Venimos de casa de Josh, ¿o de Trey? Las dos tienen piscina. Todavía llevamos el traje de baño, pero ya seco. El aire es cálido y pegajoso y tengo la sensación, producto de la juventud y del vodka y de los Counting Crows, de que somos invencibles. Miro a Bella, sentada al volante con la boca abierta, cantando, y pienso que no quiero que me falte nunca, y luego que no quiero compartirla nunca. Que me pertenece. Que nos pertenecemos mutuamente.

—No lo sé —le digo—. Pero no importa. Es tu bebé.

Suelta una risita.

—Lo amo —dice—. Sé que parece una locura. Sé que crees que estoy loca, pero realmente lo amo. —Se toca el vientre por encima del camisón.

—No creo que estés loca —le aseguro—. Confío en ti.

—Es la primera vez. —Sigue con la mano en el vientre.

Lo veo crecer, flotando delante de ella como un globo.

—Bueno —le digo—, pues ya es hora.

16

Bella dice que no quiere contárselo a nadie. Este fin de semana no, no hasta que vuelva a Nueva York con Aaron. «Vamos a disfrutar de la playa», dice. Y lo hacemos.

Llevamos nevera, sillas y mantas a la playa y nos quedamos allí, nadando y comiendo patatas fritas y sandía, bebiendo cerveza y limonada hasta que el sol está alto en el horizonte. Ariel y Morgan se van a pasear entre baño y baño. Las veo a lo lejos, por la playa, con las bermudas a juego y cogidas de la mano. David y Aaron juegan un rato al *frisbee*. Bella y yo estamos tumbadas debajo de la sombrilla. Es idílico y me asalta la visión de los años futuros, de todos nosotros aquí mismo, juntos, y de su bebé gateando en la orilla.

—¿Quieres dar un paseo? —le pregunto a David cuando vuelve. Se deja caer en la manta, a mi lado. Lleva la camiseta húmeda pegada al pecho y las gafas de sol apoyadas en la punta de la nariz. Se las quito y veo que alrededor de los ojos tiene la piel quemada, enrojecida. Nos encanta estar al aire libre, pero ninguno de los dos soporta bien el sol.

—Quería dormir una siesta —dice. Me besa la mejilla. Tiene la cara sudada y siento la humedad en la piel. Le paso el protector solar.

—Yo iré contigo.

Alzo la vista y veo a Aaron goteando encima de mí, con una toalla sobre el hombro derecho.

—Bueno... —Miro hacia un lado, Bella está dormida en la toalla, con la boca ligeramente abierta y un pie en la arena, como un títere flácido.

Miro a David.

—Problema resuelto —me dice.

—Vale —le digo a Aaron.

Me levanto y me sacudo la arena. Llevo bermudas, la parte de arriba de un biquini y un sombrero de ala ancha que compré en un complejo vacacional de las islas Turcas y Caicos hace tres años, durante un viaje con la familia de David. Me ajusto la cinta.

—¿Hacia el este o hacia el oeste?

—En realidad creo que es al norte o al sur.

No lleva gafas de sol y me mira achinando los ojos, con una mueca en la cara.

—A la izquierda —le digo.

La playa de Amagansett es ancha y larga, una de las muchas razones por las que me gusta tanto. Puedes caminar kilómetros sin detenerte y muchos trechos están prácticamente desiertos, incluso en los meses de verano.

Echamos a andar. Aaron se pasa la toalla por la nuca y sujeta cada extremo con una mano. Durante un minuto no hablamos. Estoy conmovida, no por el silencio, sino por el rumor del mar, por la sensación de paz que siento en la naturaleza, que siento aquí. Creo que, viviendo en Nueva York, no me doy cuenta de cuánto afecta a mi vida la contaminación lumínica y sonora. Se lo digo.

—Es verdad —dice—. Yo echo mucho de menos Colorado.

—¿Eres de allí?

Niega con la cabeza.

—Viví allí después de graduarme en la universidad. No me mudé a Nueva York hasta hace unos diez meses.

—¿En serio?

Se ríe.

—¿Ya parezco tan hastiado?

Niego con la cabeza.

—No, es solo que me sorprende que alguien haya pasado gran parte de su vida adulta en otra parte. Es raro, ya lo sé.

—No es raro. Lo entiendo. Nueva York le da a uno la sensación de que no existe ningún otro lugar en el mundo.

Le doy un puntapié a una concha.

—Porque es así, según sus tendenciosos habitantes.

Aaron enlaza las manos y estira los brazos. Yo sigo mirando la arena.

—David es estupendo —me dice—. Es agradable pasar con él este fin de semana.

Me miro la mano izquierda. El anillo destella con la luz del verano. Hoy tendría que habérmelo quitado. Podría perderlo en el agua.

—Sí —digo—. Es estupendo.

—Me da envidia vuestra relación con Bella. Yo no conservo muchos amigos del instituto.

—Somos amigas desde los siete años —le explico—. Casi no tengo ningún recuerdo de infancia del que ella no forme parte.

—Eres protectora con ella —dice. Es una afirmación.

—Sí. Es mi familia.

—Me alegro de que alguien cuide de ella. Aparte de mí, ya sabes. —Fuerza una sonrisa.

—Sé que tú lo haces. No era por ti. Acababa de salir con alguien que no la anteponía a todo lo demás. Se enamora enseguida.

—Yo no —dice. Carraspea. El momento se alarga hacia el horizonte—. Quiero decir que antes no.

Sé a qué se refiere, lo que duda en decirme ahora, incluso a mí. Está enamorado de ella. De mi mejor amiga. Lo miro y tiene la vista puesta en el mar.

—¿Haces surf? —me pregunta.

—¿Qué? —Se vuelve hacia mí. Parece avergonzado. —He creído que te haría sentir incómoda con mi corazón sangrante.

—¡Qué va! Creía que te lo había dicho. —Avanzo unos pasos hacia la orilla y Aaron me sigue—. No, no hago surf. —Ahora mismo no hay surfistas en el agua, pero es tarde. Los auténticos surfistas a las nueve de la mañana ya se han marchado—. ¿Tú sí?

—No, pero siempre he querido hacerlo. No me crie cerca del mar. Tenía dieciséis años cuando fui a la playa por primera vez.

—¿De verdad? ¿De dónde eres?

—De Wisconsin. Mis padres eran muy viajeros, pero cuando íbamos de vacaciones, era siempre al lago. Alquilábamos una casa en el lago Michigan todos los veranos. Pasábamos allí una semana y estábamos siempre en el agua.

—Suena bien.

—Intento convencer a Bella para que me acompañe en otoño. Sigue siendo uno de mis lugares preferidos.

—No es muy de lagos —le digo.

—Creo que le gustaría. —Se aclara la garganta—. Eh..., gracias por lo de ayer. Nunca hablo de mi madre.

Me miro los pies.

—Vale —le respondo—. Lo entiendo.

El agua nos alcanza. Aaron retrocede de un salto.

—Mierda, qué fría —exclama.

—No es para tanto. Estamos en agosto. Tendrías que probarla en mayo, verías tú.

Da unos cuantos saltitos más y luego se detiene y me mira fijamente. De repente, levanta con los pies el agua que retrocede. Cae sobre mí una cascada de gotitas heladas que me salpican el cuerpo como varicela.

—No está fría —le digo. Lo salpico en respuesta y usa la toalla como un escudo defensivo. Luego nos adentramos en el agua corriendo, echándonos cada vez más agua en nuestros ataques, hasta que estamos completamente empapados y su toalla no es más que un peso muerto que chorrea.

Sumerjo la cabeza en el agua y dejo que el impacto helado me la refresque. Ni siquiera me he tomado la molestia de quitarme el sombrero. Cuando salgo a la superficie lo tengo a un palmo de distancia. Me mira tan fijamente que siento el impulso de girar la cabeza, pero no lo hago.

—¿Qué? —le digo.

—Nada —me responde—. Es que... —Se encoge de hombros—. Me gustas. —De pronto, no estoy junto al Atlántico; no estamos aquí, en esta playa, sino en ese apartamento, en esa cama. Sus manos, sin la toalla empapada, me acarician. Noto su boca en el cuello, su cuerpo que se mueve deliberadamente despacio encima del mío, preguntando, presionando firmemente, apretando. La sangre me late en las venas «sí, sí, sí...».

Cierro los ojos. «Basta, basta, basta.»

—Volvamos. Te reto a una carrera —le propongo.

Le doy una última patada al agua y echo a correr. Sé que soy más rápida que él. Soy más rápida que la mayoría y Aaron va cargado con cinco kilos de toalla. Le ganaré enseguida.

Cuando vuelvo a la manta, Bella se ha despertado. Se da la vuelta, soñolienta, haciendo visera con la mano para protegerse del sol.

—¿Adónde habéis ido? —me pregunta.

Jadeo demasiado para responderle.

17

En septiembre hay mucho que hacer en el trabajo. Si todo el mundo se pone de acuerdo para cogerse las vacaciones a finales de agosto, septiembre es una carrera a todo trapo. Vuelvo de la playa y me encuentro una montaña de documentos. No levanto la cabeza de los papeles hasta el viernes. Bella me llama el miércoles, sin aliento por la risa.

—¡Se lo he dicho! —chilla. Oigo a Aaron a su lado. Lo imagino abrazado a ella, a su pecho, siendo cuidadoso con ella, con esa vida que hay ahora entre ambos.

—¿Y?

—Dannie dice: «¿Y?» —le transmite Bella.

Oigo interferencias y luego a Aaron que se pone al teléfono.

—Dannie, hola.

—Hola —lo saludo—. Felicidades.

—Sí, gracias.

—¿Estás contento?

Tarda un momento en responder. Noto el estómago tenso. Luego lo oigo hablar y es el más puro y evidente sonido de la alegría. Una alegría que llena el teléfono.

—¿Sabes? —me dice—. Estoy tremendamente contento.

El sábado, Bella y yo compramos café para llevar en el Le Pain Quotidien de Broadway porque ella quiere ir de compras. Supongo que iremos a las tiendas de la Quinta Avenida, que entraremos en Anthropologie, en J. Crew o en Zara tal vez. Sin embargo, en lugar de eso, con un café americano en la mano, me encuentro delante del escaparate de Jacadi, la tienda francesa para bebés de Broadway.

—Tenemos que entrar —me dice—. Es todo una monada.

La sigo.

Hay hileras de bodis con gorritos de algodón a juego, jerséis de punto y abrigos diminutos. Es una tienda dividida en pequeños departamentos, llena de zapatos Mary Janes de charol minúsculos que cabrían en un bolsillo. Bella se ha puesto un vestido rosa de seda con un suéter holgado blanco de algodón atado a la cintura. Lleva el pelo alborotado. Está radiante, hermosa, llena de luz como una diosa.

No es que yo no quiera tener hijos, pero nunca me he sentido atraída de un modo especial por la maternidad. Los bebés no me dejan embobada ni me enternecen y nunca he sentido el reloj biológico marcándome el ritmo reproductivo. Creo que David sería un buen padre, y seguramente tendremos hijos algún día, pero cuando pienso en esa escena futura de nosotros con un niño, suelo quedarme en blanco.

—¿Cuándo tienes la cita con el médico? —le pregunto.

Bella tiene en las manos un pequeño jersey blanco con lunares amarillos.

—¿Crees que es unisex?

Me encojo de hombros.

—El bebé nacerá en primavera, así que nos harán falta prendas de manga larga. —Me da el jersey y coge de una mesa otros dos de color blanco roto de diferentes tallas.

—¿Cómo está Aaron? —le digo.

Sonríe ensoñada.

—Genial; está emocionado. Ha sido repentino, pero parece realmente contento. Ya no tenemos veinticinco años.

—Cierto. ¿Os vais a casar?

Bella pone los ojos en blanco y me da un par de calcetines con un dibujo de anclas pequeñitas.

—No seas antigua —me responde.

—Vais a tener un hijo. Es una pregunta justificada.

Se vuelve hacia mí, con toda su atención en la conversación.

—Ni siquiera hemos hablado de eso. De momento estamos bien así.

—Entonces, dime, ¿cuándo tienes cita con el médico? —le pregunto, cambiando de tema—. Quiero ver la ecografía.

Bella sonríe.

—La semana que viene. Me dijeron que no me precipitara. De todos modos, es muy pronto, no se puede hacer mucho.

—Excepto ir de compras —le digo con los brazos cargados de prendas. Voy hacia la caja.

—Creo que es una niña —dice Bella.

Me la imagino sentada en una mecedora, con un bebé en brazos envuelto en una suave mantita rosa.

—Sería estupendo que lo fuera.

Me atrae hacia sí.

—Ahora te toca a ti ponerte manos a la obra —me dice.

Me imagino embarazada. Comprando en esta tienda para mi pequeña creación. Me dan ganas de tomarme un cóctel.

El domingo voy a su casa. Pulso dos veces el timbre. Cuando por fin me abren la puerta, quien lo hace es Aaron, o más bien su cabeza. Me cede a medias el paso y me encuentro con una docena, como poco, de bultos —cajas y cestas y toda clase de regalos— alfombrando el recibidor.

—¿Habéis saqueado una tienda? —le pregunto.

Aaron se encoge de hombros.

—Está emocionada —me dice.

—¿Se ha ido de compras? —Me fijo en su cara buscando alguna señal de duda o de condena, pero no veo ninguna, solo un cierto regodeo.

Lleva tejanos y camiseta, sin calcetines. Me pregunto si ya se habrá traído parte de sus cosas. Si lo hará alguna vez. Tendrán que vivir juntos, ¿no?

Aparta una caja con un pie y abre del todo la puerta. Entro y la cierro.

—Felicidades —le digo.

—Oh, sí. Gracias. —Está poniendo una bolsa de ropa encima de un paquete de Amazon.

Se detiene. Hunde las manos en los bolsillos.

—Sé que es muy pronto.

—Bella siempre ha sido impaciente —le digo—, así que esto no me sorprende demasiado.

Se ríe, pero da la sensación de que lo hace más por mí.

—Solo quiero que sepas que estoy contentísimo. Bella es lo mejor que me ha pasado en la vida.

Me mira fijamente mientras lo dice, igual que en la playa. Aparto los ojos.

—Bien —digo—. Me alegro.

En ese momento me llega la voz de Bella desde otra habitación.

—¿Dannie? ¿Estás aquí?

Aaron sonríe y se aparta para cederme el paso.

Sigo la voz por el pasillo, más allá de la cocina y de su dormitorio, hasta la habitación de invitados. Han apartado la cama y la cómoda está en medio del cuarto. Bella, con un mono y un pañuelo en la cabeza, está pintando nubes blancas en las paredes.

—¿Qué haces, Bella? —le digo.

Me mira.

—La habitación del bebé. ¿Tú qué crees?

Se aparta con los brazos en jarras para supervisar el trabajo.

—Me parece que te adelantas a los acontecimientos por primera vez en tu vida —le digo—, y eso me da miedo. ¿La habitación del bebé no es un proyecto para el séptimo mes de embarazo?

Suelta una carcajada, de espaldas a mí.

—Es divertido. Llevaba mucho tiempo sin pintar.

—Ya lo sé.

Me pongo a su lado y le paso un brazo por los hombros. Se apoya en mí. Las nubes son blanco almendra y el cielo de un color salmón pálido, con matices azul celeste y lavanda. Es una obra de arte.

—No hay duda de que quieres esto —comento, pero

no se lo digo a ella. Se lo digo a la pared. A lo que sea que desde más allá ha traído esta realidad. Por un momento no recuerdo el futuro que una vez vi. Estoy abrumada por el que está sólida e innegablemente presente aquí y ahora.

18

David y yo nos reuniremos con el organizador de bodas el sábado por la mañana. Estamos a mediados de septiembre y me han dicho con toda claridad que, si no escojo las flores ahora, tendré que poner centros de mesa de hojas secas.

En el trabajo he tenido una semana de locos. El lunes nos cayeron encima una tonelada de diligencias derivadas de dos casos urgentes y en toda la semana no he ido a casa más que para dormir. El viernes por la noche, de camino a los ascensores, saco el móvil para decirle a David que tendremos que posponer la reunión porque estoy desesperada por dormir y veo que tengo cuatro llamadas perdidas de un número desconocido.

Las estafas telefónicas son una plaga últimamente, pero suelen usar números reconocibles. Consulto el buzón de voz mientras bajo, cuelgo y vuelvo a intentarlo cuando llego al vestíbulo. Estoy cruzando las puertas de cristal cuando escucho el mensaje:

—Dannie, soy Aaron. Hoy hemos ido al médico y... ¿Puedes llamarme? Creo que tendrías que venir.

Se me cae el alma a los pies. Le devuelvo enseguida la llamada con las manos temblorosas. Algo va mal. Algo le pasa al bebé. Bella tenía cita con el médico hoy. Iban a oír el latido de la criatura por primera vez. Tendría que haberla protegido. Tendría que haberle impedido comprar toda esa ropa, hacer todos esos planes. Era demasiado pronto.

—¿Dannie? —me responde Aaron con la voz ronca.

—Eh... Hola. Perdona. Estaba... ¿Dónde está Bella?

—Aquí —me dice—. Dannie, hay malas noticias.

—¿Le pasa algo al bebé?

Aaron tarda en responderme.

Cuando lo hace, la voz se le quiebra al comienzo.

—No hay ningún bebé.

Meto los zapatos de tacón en el bolso, me pongo las zapatillas y cojo el metro hasta Tribeca. Siempre me había preguntado cómo lo hace la gente que recibe una noticia trágica y tiene que coger un avión. En cada vuelo debe de haber alguien que se dirige a ver a su madre en el lecho de muerte, al amigo que ha tenido un accidente de coche, a ver su casa incendiada. Los minutos que paso en el metro son los más largos de mi vida.

Aaron me abre la puerta. Lleva tejanos y la camisa medio desabrochada. Parece aturdido. Tiene los ojos enrojecidos. El alma se me cae otra vez a los pies. Ahora incluso más abajo, atravesando el suelo.

—¿Dónde está? —le pregunto.

No me responde. Se limita a señalármelo. Sigo su indicación hasta el dormitorio. Bella está tumbada en la cama, en posición fetal, hundida entre almohadones, con una sudadera con capucha y pantalones de chándal. Me quito las zapatillas y me acerco a ella para abrazarla.

—Bells, hola. Estoy aquí —le digo.

Le beso la coronilla por encima de la capucha de la sudadera. No se mueve. Miro a Aaron, que se ha quedado en la puerta, con los brazos colgando a ambos lados.

—Bells —intento de nuevo. Le acaricio la espalda—. Vamos. Siéntate.

Se vuelve y me mira. Parece confusa, asustada. Tiene la misma expresión que tenía en mi cama nido hace décadas cuando se despertaba de una pesadilla.

—¿Te lo ha dicho? —me pregunta.

Asiento en silencio.

—Me ha dicho que has perdido al bebé. —Decirlo me pone enferma. Me acuerdo de ella, hace una semana, pintando, preparando la habitación—. Lo siento muchísimo, Bells. Yo...

Se sienta. Se tapa la boca con una mano. Creo que va a vomitar.

—No —me dice—. Estaba equivocada. No estaba embarazada.

Estudio su expresión. Luego miro a Aaron, que sigue en la puerta.

—¿Qué estás diciendo?

—Dannie. —Me mira fijamente a los ojos. Tiene los suyos muy abiertos, llenos de lágrimas. Detecto en ellos algo que solo había visto una vez con anterioridad, hace muchísimo tiempo, en una puerta, en Filadelfia—. Creen que tengo cáncer de ovarios.

19

Luego dice un montón de cosas. Que el cáncer de ovarios, en raras ocasiones, puede dar un falso positivo. Que a veces los síntomas se confunden con los de un embarazo. El período cesa, el abdomen se hincha, se tienen náuseas y sensación de cansancio. Pero a medida que ella va hablando, yo solo oigo un zumbido en los oídos cuyo volumen crece y crece hasta que me resulta imposible oírla. Abre la boca y lo único que sale de ella son miles de abejas, que avanzan hacia mi cara zumbando y chocando entre sí, hasta que tengo los ojos tan hinchados que no puedo abrirlos.

—¿Quién te lo ha dicho?

—El médico. Hoy hemos ido a que me hicieran un escáner.

—Le han hecho un TAC —dice Aaron desde la puerta—. Y un análisis de sangre.

—Necesitamos una segunda opinión —digo.

—Yo he dicho lo mismo —me apoya Aaron—. Hay un médico estupendo...

Le hago callar con un gesto.

—¿Dónde están tus padres?

Bella deja de mirar a Aaron para volverse hacia mí.

—Mi padre está en Francia, creo. Mamá está en casa.

—¿Los has llamado?

Niega en silencio.

—Bien. Voy a llamar a Frederick y a pedirle un listado de sus amigos del hospital Monte Sinaí. Él está en el equipo de cardiología, ¿no?

Bella asiente.

—Vale. Pediremos cita con el mejor oncólogo. —Me trago la palabra. Sabe a oscuridad.

Esto es lo que sé hacer, sin embargo; esto es lo que se me da bien. Cuanto más hablo, más desciende el zumbido. Hechos. Documentos. ¿Quién sabe a qué médico descerebrado han ido? Un obstetra no es un oncólogo. Todavía no sabemos nada. Puede haberse equivocado. Tiene que estar equivocado.

—Bella —le digo, cogiéndole las manos—. Todo va a salir bien, ¿de acuerdo? Sea lo que sea, lo solucionaremos. Vas a ponerte bien.

El lunes por la mañana vamos a la consulta del doctor Finky, el mejor oncólogo de Nueva York. Me reúno con Bella en la entrada del Monte Sinaí de la calle Noventa y ocho. Se apea del coche. Aaron la ha acompañado. Me sorprende verlo, no creía que fuera a venir. Ahora que no está embarazada, ahora que nos enfrentamos a esto, a la peor de las noticias, no sé si esperaba que se quedara. Solo han pasado un verano juntos.

La consulta del doctor Finky está en la cuarta planta. Subimos en el ascensor con una mujer en avanzado estado de embarazo. Noto que Bella, detrás de mí, se vuelve hacia Aaron. Pulso más fuerte el botón del piso.

La sala de espera es agradable. Alegre. Empapelado de rayas amarillas, ramos de girasoles, revistas. De las buenas. *Vanity Fair*, *The New Yorker*, *Vogue*. Solo hay dos personas esperando, una pareja de ancianos que, por lo visto, están usando Face Time con su nieto. Saludan a la cámara, exclamando: «¡Oh!» y «¡Ah!». Bella se estremece.

—Tenemos cita a las nueve para Bella Gold.

La recepcionista asiente y me entrega una carpeta con varios formularios.

—¿La paciente es usted?

—No —dice Bella—. Soy yo.

La mujer le sonríe. Lleva trenzas y una tarjeta de identificación que pone «Brenda».

—Hola, Bella. ¿Podría rellenar estos formularios?

Habla en un tono tranquilizador y maternal. Sé que lo hace porque está precisamente en este lugar, para suavizar el golpe de lo que sea que va a suceder cuando los pacientes hayan desaparecido tras esas puertas.

—Sí. Gracias.

—¿Me permite fotocopiar la tarjeta de su seguro?

Bella busca en el bolso y saca la cartera. Le entrega una tarjeta sanitaria. No estaba segura de que Bella tuviera seguro o de que llevara encima una tarjeta sanitaria. Me impresiona la cantidad de pasos que ha tenido que dar para llegar hasta aquí. ¿La habrá conseguido a través de la galería? ¿Quién se la ha facilitado?

—¿Una tarjeta de Blue Cross? —le pregunto cuando volvemos a nuestros asientos.

—Tienen una buena cobertura asistencial fuera del país —me responde.

Enarco las cejas y me sonríe. Es el primer instante de frivolidad que compartimos desde el viernes.

Llamé a su padre ese mismo día. No cogió el teléfono. El sábado le dejé un mensaje de voz: «Se trata de la salud de Bella. Tiene que llamarme enseguida».

Bella suele decir que sus padres eran demasiado jóvenes para tener hijos. Entiendo lo que dice, pero no creo que sea así, al menos no del todo. Lo que pasa es que nunca les interesó lo más mínimo ser padres. Tuvieron a Bella porque creían que debían tener hijos, pero en realidad no querían criarla.

Los míos siempre estuvieron presentes, tanto para Michael como para mí. Nos apuntaron a fútbol, iban a todos los partidos y se involucraban en cosas como las meriendas y los uniformes. Eran protectores y estrictos. Esperaban algo de mí: buenas notas, unos resultados excelentes, unos modales impecables. Y se lo di todo, más aún después de morir Michael, porque él lo habría hecho y lo había hecho hasta entonces. No quería que perdieran más de lo que ya habían perdido. Sin embargo, en los malos momentos, también me querían: cuando suspendía cálculo, cuando me rechazaron en Brown. Sabía que ellos sabían que yo no era solo un currículum.

Bella era buena en el colegio, pero no ponía interés. Aprobaba inglés e historia con la facilidad de quien sabe que, en realidad, no tiene ninguna importancia. Y no la tenía. Era una escritora estupenda y sigue siéndolo. Pero donde ella realmente destacó fue en la asignatura de arte. Íbamos a una escuela pública que carecía de fondos, pero los padres participaban de modo considerable, y teníamos un taller con pinturas al óleo, lienzos y un profesor dedicado a nuestros progresos creativos. Cuando éramos niñas, Bella dibujaba y sus bocetos eran buenos, más que buenos. En el taller, sin embargo, empezó a crear obras extraordinarias. Los alumnos y los maestros de otras aulas venían para verlas. Un paisaje, un autorretrato, un plato de fruta podrida en una encimera. Una vez pintó un retrato de Irving, un empollón de segundo de Cherry Hill. Después de pintarlo, la reputación del chico cambió por completo. Era cautivador. La gente lo veía como lo había pintado ella, como si Bella tuviera el don de descorcharlo y dejar que lo que tenía dentro se derramara alegremente, sin orden, sin mesura.

Frederick, su padre, me llamó desde París el sábado por la tarde. Le conté lo que sabíamos: que Bella, creyendo que estaba embarazada, había ido a hacerse una ecografía para confirmarlo, que le habían hecho pruebas y que se había marchado de la consulta con un diagnóstico de cáncer de ovarios.

Me enfrenté a un silencio de estupefacción y luego a una llamada a las armas.

—Voy a llamar al doctor Finky —me dijo—. Le diré que necesitamos que nos dé cita el lunes. Para ratificarlo.

—Gracias —dije, lo cual me pareció natural, aunque no debería habérmelo parecido.

—¿Llamarás a su madre? —me preguntó.

—Sí.

La madre de Bella se echó a llorar al instante. Sabía que lo haría. Jill siempre ha tenido talento para dramatizar.

—Cogeré el próximo vuelo —me dijo, aunque seguramente estaba en Filadelfia y podía venir en coche en menos de la mitad de tiempo que le llevaría llegar al aeropuerto.

—Tenemos cita para el lunes por la mañana. ¿Quieres que te envíe los detalles?

—Voy a llamar a Bella —dijo, y cortó la llamada.

Lo último que había oído era que Jill tenía un novio de nuestra edad. Se había casado una vez después de divorciarse del padre de Bella, con un heredero griego que la engañó descaradamente a la vista de todos. Nunca ha sabido escoger. Para ser sincera, ha sido el modelo de la vida amorosa de Bella, aunque ya no, con Aaron no.

El lunes por la mañana, sentada en la consulta cumplimentando formularios, no pregunto por Jill porque no me hace falta. Sé lo que ha pasado. Ha perdido el horario o tenía un masaje que no ha podido cancelar, o se olvidó de comprar el billete de tren y piensa venir mañana. Siempre hay un millón de razones, pero todas significan lo mismo.

Bella se pone con el papeleo y Aaron y yo nos sentamos a su lado inexpresivos como estatuas. Lo veo mover inquieto el pie que tiene en alto. Se frota la frente.

Bella lleva tejanos y un jersey naranja a pesar de que hace demasiado calor en la calle para ambas prendas. El verano no termina, aunque ya estamos a finales de septiembre.

—¿Señora Gold?

Un joven enfermero, o un ayudante del médico, con gafas de montura metálica se asoma por la puerta de cristal.

Bella recoloca nerviosa el formulario en su regazo.

—Todavía no he terminado —dice.

Brenda sonríe desde el mostrador de recepción.

—No pasa nada. Puede terminar luego —dice. Nos mira a mí y a Aaron—. ¿Ustedes van a ir?

—Sí —le responde Aaron.

El enfermero, Benji, charla animadamente con nosotros mientras recorremos el pasillo. De nuevo, con alegría. Se diría que vamos camino de una heladería o que hacemos cola para subir a la noria.

—Por aquí.

Indica con el brazo una puerta que da a una habitación blanca. Los tres entramos en la misma formación: yo, Bella y Aaron. Hay dos asientos en un rincón y una silla ginecológica. Me quedo de pie.

—Haremos un chequeo rápido mientras esperamos al doctor Finky.

Benji comprueba los signos vitales de Bella, el pulso y la temperatura, y le examina la garganta y los oídos. La hace subir a la balanza y anota su peso y altura. Aaron tampoco se sienta; con las dos sillas y nosotros de pie, la habitación parece pequeña, casi claustrofóbica. No estoy segura de que quepa otra persona.

Por fin se abre la puerta.

—Bella, no te veía desde que tenías diez años. Hola.

El doctor Finky es un hombre bajo, orondo y rollizo, que se mueve con una velocidad precisa, casi como un dardo.

—Hola —dice Bella. Le tiende la mano y él se la coge.

—¿Quiénes son estas personas?

—Él es mi novio, Greg.

Aaron y el médico se dan un apretón de manos.

—Y ella es Dannie, mi mejor amiga.

Hacemos lo mismo.

—Tienes una buena red de apoyo; eso está bien —dice el médico.

Noto que se me encoge el estómago. No tendría que haber dicho eso. No me gusta.

—Entonces, fuiste al médico creyendo que estabas

embarazada. ¿Qué tal si me explicas cómo has llegado a mi consulta? —Finky se pone las gafas, coge un cuaderno y empieza a asentir y a tomar notas.

Bella lo cuenta todo otra vez desde el principio. Se le retiró la regla. Estaba hinchada. El test de embarazo le dio un falso positivo. Fue al médico. Le hicieron un TAC. Llegaron los resultados del análisis de sangre.

—Tenemos que hacer algunas pruebas más —dice el médico—. No quiero decir nada todavía.

—¿Podemos hacerlas hoy? —pregunto. He ido tomando notas, escribiendo todo lo que ha dicho en mi agenda, la que se supone que me sirve para organizar la boda.

—Sí. Le pediré al enfermero que vuelva para prepararte.

—¿Cuál es su opinión? —le digo.

Se quita las gafas. Mira a Bella.

—Me parece que tenemos que hacer unas cuantas pruebas más —le dice.

No hace falta que diga nada más. Soy abogada. Sé lo que significan las palabras, lo que significan los silencios, lo que significan las repeticiones. Y sé lo que piensa. Lo que sospecha. Tal vez incluso lo que ya sabe. No se han equivocado.

20

Esto es lo que nadie te dice del cáncer: te facilitan el proceso. Después de la conmoción inicial, después del diagnóstico y el terror, te ponen en una lenta cinta transportadora. Empiezan de un modo agradable y fácil. ¿Quieres limonada con la quimio? La tienes. ¿Radioterapia? No hay problema, todo el mundo lo hace, es casi como fumar hierba. Te serviremos los productos químicos con una sonrisa. Te encantarán, ya lo verás.

Sí. Bella tiene cáncer de ovarios. Sospechan que en fase tres, lo que significa que se ha propagado a los ganglios linfáticos cercanos, pero no a los órganos circundantes. Es tratable, nos dicen. Hay recursos. Muchas veces, con el cáncer de ovarios, no los hay. Lo detectan demasiado tarde. No es demasiado tarde. Pregunto por las estadísticas, pero Bella no quiere saberlas.

—Esa información se te mete en la cabeza —dice—. Hay muchas probabilidades de que altere el resultado. No quiero saberlo.

—Son cifras —le digo—. Influirán en el resultado de todos modos. Los datos no cambian. Deberíamos saber a qué nos enfrentamos.

Bella bloquea el acceso a Google, pero de todos modos lo busco: cuarenta y siete por ciento. Esa es la probabilidad de supervivencia de las pacientes con cáncer de ovarios a los cinco años del diagnóstico. Menos de la mitad.

David me encuentra en el suelo de azulejos de la ducha.

—El cincuenta por ciento está bien —me dice. Se agacha. Mete una mano por la mampara y aprieta la mía—. Es la mitad.

Pero es un mentiroso pésimo. Sé que nunca apostaría teniendo un cincuenta por ciento de probabilidades, ni siquiera sentado borracho a una mesa de Las Vegas.

Al cabo de cinco días, acompaño a Bella a otra cita médica. Nos han mandado a un oncólogo especialista en ginecología que va a decidir la cirugía y el curso del tratamiento. Esta vez estamos las dos solas. Bella le ha pedido a Aaron que no venga. Cuando se lo ha dicho, yo no estaba. No sé con qué cara se habrá quedado. Si ha protestado. Si ha sentido alivio.

Nos presentan al doctor Shaw en su consulta de Park Avenue, entre la Sesenta y dos y la Sesenta y tres. Es tan refinado que pienso si no nos habrán dado una dirección equivocada. ¿Acaso vamos a un almuerzo?

Su consulta es más sutil. Aquí dentro hay pacientes que sufren. Se nota. La consulta de Finky es la primera parada: el tren nuevo recién lavado, lleno de vapor. Es a la consulta del doctor Shaw adonde uno va durante el tiempo que le queda. Una vez la enfermera se retira, el doctor Shaw entra inmediatamente a saludarnos. Enseguida me gusta su cara amable; es sincera, un poco seria. Sonríe a menudo. Estoy segura de que a Bella también le gusta.

—¿De dónde es usted? —le pregunta mi amiga.

—De Florida, el estado del sol.

—Siempre me ha extrañado que Florida sea el estado del sol. Tendría que ser California —comenta ella.

—¿Sabe qué? Estoy de acuerdo.

Es alto y cuando se sienta en su pequeño taburete con ruedas, las rodillas casi le llegan a los codos.

—Muy bien —prosigue—. Vamos a hacer lo siguiente.

El médico expone el plan. Cirugía para extirpar el tumor seguida de cuatro sesiones de quimioterapia durante dos meses. Nos advierte de que será brutal. En la consulta deseo más de una vez cambiarme por Bella. Debería ser yo. Soy fuerte. Puedo manejar la situación. No estoy segura de que Bella pueda.

Se programa la intervención para el martes, de nuevo en el Monte Sinaí. Consistirá en una histerectomía completa y se le extirparán ambos ovarios y las trompas de Falopio. A eso se le llama salpingooforectomía bilateral. Busco en Google los términos médicos, en el coche, en el metro, en el baño del trabajo. Ya no producirá óvulos ni estos tendrán dónde desarrollarse.

Cuando se entera, Bella se echa a llorar.

—¿Puedo congelar óvulos antes de que me operen? —pregunta.

—Hay programas de fertilidad —le responde amablemente el doctor Shaw—, pero no se los aconsejo, ni le recomiendo esperar. Las hormonas algunas veces empeoran el cáncer. Creo que es fundamental que la operemos lo antes posible.

—¿Cómo puede estar pasándome esto? —dice Bella. Se cubre la cara con las manos.

Siento náuseas. La bilis me sube a la garganta y amenaza con acabar desparramada por el suelo de esta consulta de Park Avenue.

El doctor Shaw acerca el taburete a Bella y le pone una mano en la rodilla.

—Sé que es duro —le dice—, pero está en las mejores manos y haremos todo lo posible por usted.

—No es justo —se queja ella.

El médico me mira, pero por primera vez no sé qué decir. Cáncer. No poder tener hijos. Tengo que concentrarme en respirar.

—No lo es. Tiene razón. Pero su actitud es muy importante. Lucharé por usted, pero la necesito aquí conmigo.

Bella alza los ojos hacia él con las mejillas arrasadas de lágrimas.

—¿Usted estará durante la intervención? —le pregunta.

—Puede apostar a que sí. Seré yo quien la opere.

Bella me mira.

—¿Qué opinas? —me dice.

Me acuerdo de la playa de Amagansett. ¿Solo hace tres semanas que estaba mirando un test de embarazo radiante de expectación?

—Opino que debes operarte ya —le respondo.

Bella asiente en silencio.

—Está bien —dice.

—Es la decisión correcta —tercia el médico. Se acerca al ordenador—. Y si tienen cualquier pregunta, aquí está mi número de móvil.

Nos enseña una tarjeta de visita y copio el número en mi agenda.

—Ahora vamos a hablar de lo que cabe esperar —prosigue.

La conversación continúa. Va de nódulos linfáticos y células cancerígenas e incisiones abdominales. Lo anoto todo con exactitud, pero es difícil incluso para mí comprenderlo todo. Es como si el doctor Shaw hablara en otro idioma, uno difícil. Ruso o tal vez checo. Tengo la sensación de que no quiero entenderlo; lo único que quiero es que deje de hablar. Si deja de hablar, nada de esto será cierto.

Salimos de la consulta y nos quedamos paradas en la esquina de la Sesenta y tres con Park Avenue. Inexplicablemente, increíblemente, hace un día perfecto. Septiembre es glorioso en Nueva York —lo que choca todavía más al saber que el otoño está al caer— y hoy es una muestra de ello. La brisa es suave, el sol es intenso. Mire hacia donde mire, veo gente que sonríe y habla y se saluda.

Miro a Bella. No tengo ni idea de qué decirle.

Es increíble que en este mismo instante algo mortal esté creciendo dentro de ella. Parece imposible. Mírala. Mira. Es la viva imagen de la salud. Tiene las mejillas rosadas, llenas, y está radiante. Es un cuadro impresionista. Es la encarnación de la vida.

¿Qué pasaría si fingiéramos solo que no nos hemos enterado? ¿El cáncer la atraparía o captaría la idea y se iría al carajo? ¿Es receptivo? ¿Está escuchando? ¿Tenemos la capacidad de cambiarlo?

—Tengo que llamar a Greg —dice Bella.

—Está bien.

No es la primera vez esta mañana que noto mi móvil vibrando en el bolso. Son más de las diez y tendría que haber llegado al despacho hace dos horas. Estoy segura de que tengo una tonelada de correos electrónicos.

—¿Quieres que pida un taxi? —le pregunto.

Niega con la cabeza.

—No. Quiero pasear.

—Vale. Iremos andando.

Saca el móvil. No alza la mirada.

—Prefiero estar sola.

Cuando íbamos al instituto, Bella solía dormir más en mi casa que en la suya. No le gustaba estar sola y sus padres estaban casi siempre de viaje; como mínimo, más de la mitad de cada mes, así que vivía con nosotros. Yo tenía una cama nido y nos quedábamos despiertas por la noche, pasando de mi cama a la suya y viceversa, contando las estrellas adhesivas del techo. Era imposible, claro, porque ¿quién podía distinguirlas? Nos quedábamos dormidas a mitad de recuento.

—Bells...

—Por favor —me ruega—. Te prometo que luego te llamaré.

Sus palabras me hieren. Ya es lo bastante terrible como para encima tener que afrontarlo en soledad, ¿no? Tenemos que parar. Tenemos que tomarnos un café. Tenemos que hablar de esto.

Echa a andar. La sigo instintivamente, pero sabe que voy detrás de ella y se vuelve para indicarme que me vaya.

Mi móvil vuelve a vibrar. Esta vez lo saco y respondo.

—Diga.

—¿Dónde demonios estás, Dannie? —Oigo a Sanji, mi compañera en el caso, por el auricular. Tiene veintinueve años y se graduó en el Instituto Tecnológico de

Massachusetts a los dieciséis. Lleva una década en la profesión. Nunca la he oído pronunciar una palabra que no sea en absoluto necesaria. Que haya dicho «demonios» es muy significativo.

—Lo siento, estaba en un atasco. Voy de camino.

—No cuelgues. Tenemos un problema con la CIT. Hay lagunas en sus cuentas.

Supuestamente, teníamos que terminar la diligencia de CIT, una empresa que está adquiriendo nuestro cliente, Epson, un gigante tecnológico. Si no elaboramos un informe financiero completo, mi compañera la perderá.

—Voy a sus oficinas —le digo—. Tú aguanta.

Sanji cuelga sin despedirse y yo me dirijo hacia el distrito financiero, donde la CIT tiene su sede central. Es una empresa especializada en creación de páginas web. Últimamente he estado en esas oficinas demasiado a menudo para mi gusto. Hemos estado en contacto permanente durante seis meses con su asesora financiera y ya sé muy bien cómo trabajan. Por suerte, esto es un descuido. Faltan los informes y las declaraciones de impuestos de ocho meses. Al llegar, me pongo enseguida en situación y Darlene, la recepcionista, me acompaña al despacho de la abogada principal de la empresa.

Beth, sentada a su escritorio, alza la cabeza y me mira extrañada. Es una mujer de cincuenta y muchos y lleva doce años en la empresa, desde el principio. Su despacho es tan estoico como ella. Ninguna foto en la mesa y ningún anillo en su mano. Tenemos un trato cordial, afable incluso, pero jamás hablamos de cosas íntimas y es imposible saber quién la espera en casa cuando abandona las cuatro paredes de esta oficina.

—Dannie, ¿a qué debo esta visita tan intempestiva?

Ayer estuve en su despacho.

—Todavía nos faltan datos financieros —le digo.

No se levanta ni me hace ningún gesto para que me siente.

—Haré que mi equipo lo revise —dice ella.

Su equipo lo forma otro abogado, Davis Brewster, con quien estudié en Columbia. Es inteligente. No tengo ni idea de cómo terminó como asesor legal de una mediana empresa.

—Esta tarde —le digo.

Niega con la cabeza.

—Desde luego, tiene que gustarte mucho tu trabajo —comenta.

—Ni más ni menos que a cualquiera de nosotros.

Suelta una carcajada. Mira la pantalla del ordenador.

—No exactamente.

A las cinco de la tarde llegan más documentos de la CIT. Voy a tener que quedarme repasándolos hasta al menos las nueve de la noche. Sanji se pasea por la sala de reuniones como si estuviera ideando una estrategia de ataque.

Le escribo un mensaje de texto a Bella: «Llámame». No recibo respuesta alguna.

Me marcho pasadas las diez. Sigo sin saber nada de Bella. Tengo todo el cuerpo chafado, como si hoy me hubieran comprimido. Mientras camino, noto que me estiro de nuevo. No llevo zapatillas, así que cuando llevo recorridas cinco manzanas los pies empiezan a dolerme, pero no me paro. A medida que avanzo, recorriendo la Quinta Avenida y las calles de la Cuarenta y nueve a la Cuarenta, como el metro, acelero. Cuando llego a la Treinta y ocho Este, voy corriendo.

Llego a nuestro piso de Gramercy jadeando y sudada. Llevo la blusa empapada y los pies me laten entumecidos. Me asusta mirármelos. Temo verme las plantas ensangrentadas.

Abro la puerta. David está sentado a la mesa, con una copa de vino y el ordenador encendido. Se levanta de un salto en cuanto me ve.

—Hola. —Me observa con atención la cara, achicando los ojos—. ¿Qué te ha pasado?

Me agacho para quitarme los zapatos. Me cuesta sacarme el primero, como si lo llevara cosido al pie. Gimo de dolor.

—Eh... Caray. Vale. Siéntate.

Me siento de golpe en el banquito que tenemos en el recibidor y David se agacha frente a mí.

—Dios mío, Dannie. ¿Qué has hecho? ¿Has vuelto a casa corriendo?

Me mira y, en ese momento, me derrumbo. No estoy segura de si voy a desmayarme o a estallar en llamas. El ardor de mis pies amenaza con quemarme entera.

—Está muy enferma —le digo—. Tienen que operarla la semana que viene. Estadio tres. Cuatro sesiones de quimioterapia.

David me abraza. Quiero sentirme cómoda en sus brazos, quiero que me envuelva en ellos, pero soy incapaz. Esto me supera. Nada sirve de ayuda, nada lo amortigua.

—¿Os han dado más información? —me pregunta David, estrechando el abrazo—. El médico nuevo, ¿qué os ha dicho? —Me suelta y me apoya con dulzura una mano en la rodilla.

Niego con la cabeza.

—No podrá tener hijos. Le van a extirpar el útero y los dos ovarios.

David tuerce el gesto.

—Maldita sea, Dannie. Lo siento muchísimo.

Cierro los ojos para impedir que el dolor de los pies me invada como una oleada, para controlar los cuchillos que me hurgan en los talones.

—Sácamelos —le pido. Respiro entrecortadamente.

—Vale. Espera.

Entra en el baño y vuelve con un bote de talco. Lo agita y me aplica en el pie una nube de polvo blanco. Maniobra con el tacón del zapato. El dolor me da náuseas.

Me lo saca. Me miro el pie. Lo tengo en carne viva y me sangra, pero tiene mejor aspecto de lo que pensaba. Le pone más talco.

—Veamos el otro —me dice.

Se lo doy, agita el bote, mueve el tacón y sigue el mismo ritual.

—Tienes que ponerlos en remojo —me ordena—. Vamos.

Me pasa un brazo por la cintura y me lleva, doblada y quejosa, hasta el baño. Tenemos bañera, aunque no es de esas que tienen patas como las antiguas. Siempre ha sido un sueño para mí tener una, pero nuestro baño ya estaba construido. Me parece bastante estúpido, imposible incluso, que el cerebro me transmita ahora esta información, que todavía piense en que la bañera no tiene pies. Como si eso importara.

David la llena de agua para mí.

—Le voy a echar sales Epsom —dice—. Te sentirás mejor.

Cuando se dispone a irse lo agarro del brazo. Me aferro a él, lo sostengo contra el pecho como hace un niño con su peluche.

—Todo irá bien —me dice. Pero esas palabras no significan nada. Nadie lo sabe, ni él, ni el doctor Shaw, ni siquiera yo.

21

Bella no me devuelve las llamadas ni responde a mis mensajes, así que acabo llamando a Aaron el sábado por la noche.

Responde al segundo tono.

—Dannie, hola —dice susurrando.

—Hola. —Estoy en el dormitorio de nuestro piso, con los pies vendados en la alfombra mullida—. ¿Está Bella?

Hay un silencio al otro extremo de la línea.

—Vamos, Aaron. No me devuelve las llamadas.

—Está durmiendo —me dice.

—Ah.

No son ni las ocho de la tarde.

—¿Qué hacéis? —me pregunta.

—Nada —le respondo—. Probablemente debería volver al trabajo. ¿Le dirás que la he llamado?

—Sí, claro.

De repente, siento una rabia irracional. Aaron, un desconocido, un hombre a quien conoce desde hace menos de cuatro meses es quien está en su piso. Es en él en quien se está apoyando. Ni siquiera la conoce. Y yo, su mejor amiga, su familia...

—Tiene que llamarme —le digo en otro tono, uno que refleja el fuego de mis sordos pensamientos.

—Ya lo sé —dice Aaron en voz baja—. Simplemente ha sido...

—Me da igual lo que haya sido. Con todo el respeto, no te conozco. Mi mejor amiga tiene que operarse el martes. Tiene que llamarme.

Aaron carraspea.

—¿Quieres dar un paseo? —me pregunta.

—¿Qué?

—Un paseo —repite—. Me vendría bien tomar el aire. Parece que a ti también.

No sé muy bien qué decir. Quiero decirle que tengo demasiado trabajo, y es cierto. Llevo toda la semana distraída intentando preparar los documentos que hacen falta para la firma. La CIT todavía no nos los ha entregado todos y en Epson se están poniendo nerviosos. Quieren anunciar la fusión la semana que viene. Sin embargo, no le digo que no. Tengo que hablar con Aaron. Tengo que explicarle que ya me ocupo yo, que puede recuperar la vida que tenía la pasada primavera, fuera cual fuera.

—Está bien —le digo—. En la esquina de Perry con Washington dentro de veinte minutos.

Cuando mi taxi se detiene, está esperándome en la acera. Todavía es de día, aunque pronto no habrá luz. Octubre está al caer con la promesa de más oscuridad.

Lleva tejanos y un jersey verde. Yo también. Por un momento, mientras pago al taxista y me apeo del coche, la imagen de dos personas que quedan y van vestidas igual casi me hace reír.

—Y pensar que he estado a punto de traer el bolso naranja —dice, señalando la bandolera de piel de Tod que Bella me regaló cuando cumplí veinticinco años.

Echamos a andar despacio. Todavía tengo los pies doloridos y con ampollas. Recorremos Perry hacia la Duodécima Avenida.

—Yo vivía por aquí antes de mudarme al barrio de Midtown —me dice para llenar el silencio—. Fueron solo seis meses. Mi primer apartamento. Mi edificio estaba a una manzana, en Hudson. Me gustaba el West Village, pero era imposible llegar a cualquier parte en transporte público.

—Está la estación de metro de la calle Cuatro Oeste —le digo.

Asiente para demostrar su acuerdo.

—Vivíamos encima de esa pizzería que cerró —dice—. Recuerdo que todas mis cosas olían a comida italiana. La ropa, las sábanas, todo.

Para mi sorpresa, me río.

—Cuando yo vine a Nueva York, viví en Hell's Kitchen —le comento—. Todo el piso olía a curry. Ahora no puedo ni verlo.

—Oh, pues yo siempre tengo antojo de pizza.

—¿Desde cuándo eres arquitecto? —le pregunto.

—Desde siempre. Creo que nací siéndolo. Estudié para eso. Durante un tiempo, pensé que a lo mejor sería ingeniero, pero no era lo bastante inteligente.

—Lo dudo.

—No lo dudes, es cierto.

Caminamos un rato en silencio.

—¿Alguna vez has pensado en ser fiscal? —me pregunta tan de sopetón que me pilla desprevenida.

—¿Cómo?

—Sé que eres abogada comercial. Mi duda es si alguna vez has pensado en ser una de esas abogadas que se ocupan de los litigios. Estoy seguro de que se te daría de maravilla. —Me sonríe guiñando un ojo—. Tienes pinta de ser buena ganando debates.

—No. Los tribunales no son lo mío.

—¿Por qué?

Esquivo un charco de la acera. En Nueva York nunca sabes qué es agua y qué es orina.

—Litigar es doblegar la ley a tu voluntad. Es un engaño. Todo depende del punto de vista. ¿Eres capaz de convencer a un jurado? ¿Eres capaz de hacer que la gente sienta algo? En los tratos comerciales, nada está por encima de la ley. Lo que importa es lo que está escrito. Todo está expresado negro sobre blanco.

—Fascinante. —Aaron se frota las manos—. Oye... ¿Cómo estás?

La pregunta hace que me detenga en seco. Él también se para.

Me vuelvo ligeramente hacia él y me imita.

—Mal —le respondo con sinceridad.

—Ya. Lo suponía. Imagino lo duro que esto tiene que ser para ti.

Lo miro y me sostiene la mirada.

—Bella es... —No puedo terminar la frase. El viento arrecia, haciendo girar las hojas y la basura en una danza. Me echo a llorar.

—No pasa nada —me dice. Se acerca y yo retrocedo. Nos quedamos en la calle así, sin tocarnos, hasta que el río de emociones se aquieta.

—Sí que pasa.

—Sí. Ya lo sé.

Me trago las lágrimas. Lo miro. Siento la ira galopando en mi torrente sanguíneo como el alcohol.

—No, no lo sabes —le espeto—. No tienes ni idea.

—Dannie...

—No tienes que hacerlo, lo sabes. Nadie te culpará por ello.

Se me queda mirando.

—¿A qué te refieres? —Parece que realmente no lo entiende.

—Quiero decir que tú no te has comprometido a esto. Conociste a una chica hermosa, estaba sana, pero ya no lo está.

Aaron escoge las palabras con cuidado antes de responderme.

—Dannie, tienes que saber que no voy a irme a ninguna parte.

—¿Por qué?

Pasa un corredor. Nota la tensión y cruza a la otra acera. Suena el claxon de un coche. En algún punto de Hudson, ulula una sirena.

—Porque la amo —me responde.

Ignoro lo que acaba de confesarme. Lo he oído otras veces.

—Ni siquiera la conoces.

Echo a andar otra vez. Un niño con una pelota de baloncesto pasa junto a nosotros como un rayo, perseguido por su madre. La ciudad llena y bulliciosa, que ignora que en alguna parte, quince manzanas más al sur, unas pequeñas células se están multiplicando en un complot para destruir el mundo entero.

—Dannie, para.

No me detengo y noto la mano de Aaron en el brazo. Tira de él y me obliga a volverme.

—¡Ay! —me quejo—. ¿Qué demonios haces? —Me froto el brazo. De repente, siento unas ganas irrefrenables de abofetearlo, de darle un puñetazo en un ojo y dejarlo encogido y sangrando en la esquina de la calle Perry.

—Perdona —se disculpa. Tiene las cejas fruncidas y un hoyuelo encima de la nariz, en el espacio que queda entre ambas—. Pero tienes que escucharme. La amo, simple y llanamente. No me soportaría a mí mismo si ahora me marchara, pero eso es irrelevante porque, como ya te he dicho, la amo. Esto no se parece a nada de lo que he tenido. Esto es real. Estoy aquí.

Su pecho sube y baja como si se necesitara un esfuerzo físico para mantenerse de pie. Sé lo que es eso.

—Será más doloroso si te vas más adelante —le advierto. Noto que los labios me tiemblan de nuevo. Les exijo que paren.

Aaron se me acerca. Me agarra por los codos. Tengo su pecho tan cerca que puedo olerlo.

—Prometo quedarme —dice.

Tenemos que volver.

Seguramente he llamado un taxi. Seguramente nos hemos dicho «buenas noches». De algún modo, he vuelto a casa y se lo he contado a David. En algún momento me habré quedado dormida. Pero no me acuerdo. Todo lo que recuerdo es su promesa. La acepto. La guardo en mi corazón como prueba.

22

El martes 4 de octubre llego al hospital Monte Sinaí de la calle Ciento uno Este una hora antes de la programada para la intervención. Todavía no he hablado con Bella, pero en la sala preoperatoria me encuentro con su padre y con su madre. Creo que no estaban juntos en la misma habitación desde hace una década.

La sala es ruidosa, bulliciosa incluso. Jill, impecablemente vestida con un traje de chaqueta de Saint Laurent y la melena moldeada, charla con las enfermeras como si se dispusiera a ofrecer una merienda en lugar de esperar a que le extirpen los órganos reproductivos a su hija.

Frederick conversa con el doctor Shaw, ambos junto a la cama de Bella, con los brazos cruzados y gesticulando afablemente.

Esto no puede estar pasando.

—Hola —digo. Llamo a la puerta, aunque ya está abierta.

—Hola —dice Bella—. Mira quién ha venido. —Me señala a su padre, que se vuelve a medias y me saluda con la mano.

—Ya veo —le digo. Dejo el bolso en una silla y me acerco a la cama—. ¿Cómo estás?

—Bien —me responde. Noto en ella la indignante resistencia que lleva una semana evitándome. Tiene el pelo cubierto con un gorro y un camisón de hospital. ¿Cuánto tiempo lleva aquí?

—¿Qué ha dicho el doctor Shaw?

Bella se encoge de hombros.

—Pregúntaselo tú misma.

—Doctor Shaw —le digo—. Soy Dannie.

—Claro, la chica del bloc de notas.

—Eso es. ¿Cómo va todo?

El médico me sonríe débilmente.

—Bien —dice—. Acabo de explicarles a Bella y a sus padres aquí presentes que la intervención durará cinco o seis horas.

—Creía que serían tres. —Lo he investigado a fondo. Apenas he salido de Google. He compilado estadísticas e investigado los procedimientos, el tiempo de recuperación, los beneficios añadidos de extirpar ambos ovarios en lugar de uno solo.

—Podría ser —admite—. Depende de lo que encontremos cuando abramos. Una histerectomía completa suele durar tres horas, pero como también le quitaremos las trompas de Falopio es posible que tardemos más.

—¿Va a practicarle una omentectomía? —le pregunto.

Shaw me mira con una mezcla de respeto y sorpresa.

—Haremos una biopsia del epiplón para la estadificación, pero no lo eliminaremos hoy.

—He leído que una eliminación completa aumenta las probabilidades de supervivencia.

Debo decir en su favor que el doctor Shaw no aparta

la vista. No se aclara la garganta ni mira a Jill ni a Bella. En lugar de eso, me responde.

—Es algo que debe valorarse en cada caso.

Se me encoge el estómago. Miro a Jill, que está al lado de Bella, acariciándole el pelo cubierto por el gorro.

Un recuerdo. Bella. Once años. Metiéndose en mi cama porque ha tenido una pesadilla. «Nevaba y no te encontraba.» «¿Dónde estabas?» «En Alaska quizá.» «¿Por qué en Alaska?» «No lo sé.»

Pero yo sí que lo sabía. Su madre llevaba allí un mes, en algún tipo de crucero de dos semanas y media seguido de una estancia en un spa.

«Bueno, estoy aquí —le dije—. Siempre podrás encontrarme, aunque esté nevando.»

¿Cómo se atreve Jill a presentarse ahora? ¿Cómo se atreve a reclamar su sitio y a ofrecerle consuelo? Es demasiado tarde. Hace veinte años que es demasiado tarde. Sé que odiaría a los padres de Bella más aún si hoy no hubieran venido, pero quiero que se vayan. El lugar a su lado no es suyo, sobre todo hoy.

Entonces Aaron entra en la habitación. Lleva una de esas bandejas de Starbucks llena de tazas de café y se pone a repartirlas.

—Para ti no —le dice el doctor Shaw a Bella, señalándola.

Ella se ríe.

—Esto es lo peor de esta situación. No poder tomar café.

El médico le sonríe.

—Te veré ahí dentro. Estás en las mejores manos.

—Lo sé —dice Bella.

Frederick le estrecha la mano al médico.

—Gracias por todo. Finky habla muy bien de usted.

—Finky me enseñó mucho de lo que sé. Discúlpenme. —Se dirige hacia la puerta, pero se detiene a mi lado—. ¿Puedo hablar con usted en el pasillo?

—Claro que sí.

En la habitación reina un caos de cafeína y nadie se da cuenta de que el doctor Shaw me ha pedido que salgamos.

—Haremos todo lo posible para extirpar todo el tumor. Hemos determinado que el cáncer de Bella es de estadio tres, pero no lo sabremos con seguridad hasta que hayamos tomado muestras de tejido de los órganos circundantes. Sé que ha planteado su preocupación por una omentectomía, pero no estamos seguros de hasta qué punto se ha extendido el cáncer, eso es todo.

—Entiendo —le digo. Siento un intenso escalofrío húmedo que me sube por las piernas desde el suelo del hospital y se me queda en el estómago.

—Es posible que también tengamos que extirparle a Bella parte del colon. —Mira la puerta de la habitación de Bella y se vuelve hacia mí—. ¿Sabe que está en la lista de parientes cercanos de Bella?

—¿Yo?

—Sí. Sé que sus padres están aquí, pero quería que usted lo supiera.

—Gracias.

El médico asiente en silencio y se dispone a irse.

—Hasta qué punto es grave —le pregunto—. Sé que no puede decírmelo, pero, si pudiera, ¿cómo es de grave?

Me mira. Parece querer responderme realmente.

—Haremos todo lo posible —me dice, y se aleja a grandes zancadas hacia las puertas del quirófano.

Llevan a Bella en silla de ruedas hasta el quirófano sin más preámbulos. Se porta con estoicismo. Besa a Jill, a Frederick y a Aaron, a quien sin duda Jill ha aceptado. Encuentra cualquier excusa para cogerlo del brazo. Bella me mira y pone los ojos en blanco. Es como una vela en la oscuridad.

—Lo vas a hacer genial —le digo. Me inclino y le beso la frente.

De repente alza un brazo y me aprieta la mano. Luego me la suelta de forma igualmente repentina.

Cuando se la llevan, nos marchamos a la sala de espera principal, que está llena de gente. Hay bocadillos y juegos de mesa. Algunas personas usan el móvil para chatear. Otras se abrigan con mantas. Hay risas.

Sin embargo, cada vez que las puertas dobles se abren, todos los presentes se paralizan y se vuelven hacia ellas expectantes.

—Perdona que no te haya traído café —me dice Aaron. Nos hemos sentado junto a la ventana. Jill y Frederick caminan de un lado a otro a escasa distancia, hablando por teléfono.

—Da igual —le digo—. Bajaré a la cafetería.

—Sí. Vamos a tener que esperar un buen rato.

—¿Conocías a sus padres? —le pregunto. Bella no me lo ha dicho, pero dadas las circunstancias no estoy segura.

—Hasta esta mañana, no. Jill ha ido a recogernos. Son un poco viajeros.

Resoplo.

—Qué mal, ¿eh? —me dice.

—No tienes ni idea.

Jill se nos acerca. Me fijo en que lleva zapatos de tacón.

—Estoy llamando al Scarpetta para hacer un pedido —dice—. Me parece que todos podríamos comer algo que nos reconforte. ¿Qué os pido a vosotros dos? —Apenas son las nueve de la mañana.

—Seguramente iré a la cafetería —le respondo—, pero gracias.

—Tonterías. Pediré pasta y ensalada. Greg, ¿te gusta la pasta?

Greg me mira buscando una respuesta.

—¿Sí?

Suena mi móvil. Es David.

—Perdonad —les digo a todos menos a Frederick, que está mirando la pantalla del móvil de Jill por encima de su hombro.

—Hola —respondo—. Dios mío, David. Esto es una pesadilla.

—Lo supongo. ¿Cómo estaba esta mañana?

—Han venido sus padres.

—¿Jill y Maurice?

—Y Frederick, sí.

—Vaya. Bien por ellos, supongo. Es mejor que estén aquí, ¿no?

No respondo a su pregunta y David sigue hablando.

—¿Quieres que vaya a hacerte compañía?

—No —le digo—. Ya lo hemos hablado. Uno de los dos tiene que conservar el trabajo.

—En el bufete lo entenderán —dice David, aunque ambos sabemos que no es cierto.

No le he contado a nadie que Bella está enferma, pero,

de haberlo hecho, en el bufete me habrían apoyado siempre y cuando eso no interfiriera en mi trabajo. Wachtell no es una institución benéfica.

—Me he traído una tonelada de trabajo. Solo les he dicho que hoy trabajaré desde casa.

—Iré a almorzar.

—Llámame —le digo, y cortamos la llamada.

Vuelvo a mi asiento.

—Aquí tienes un café con leche gratis —me dice Aaron tendiéndome uno de Starbucks—. Se me ha olvidado pedirlo con leche desnatada para Jill.

—¿Cómo has podido? —exclamo con fingido horror.

Aaron se ríe. Es un sonido alegre que parece inapropiado en este lugar.

—Seguramente estaba demasiado centrado en el cáncer de mi novia. —Sacude la cabeza de modo exagerado—. ¿Cómo he osado estarlo?

Esta vez soy yo la que se ríe.

—¿Crees que la he cagado con sus padres por esto?

—Siempre queda la quimio —le digo.

A los dos nos da un ataque de risa. Una mujer que hace calceta a unas cuantas sillas de distancia alza la cabeza molesta, pero no puedo evitarlo. El ataque de risa es tan fuerte que casi no puedo respirar.

—Y la radioterapia —dice él jadeando—. A la tercera va la vencida.

La mirada severa de Frederick hace que nos levantemos y nos precipitemos hacia la puerta.

Ya en el pasillo, respiro hondo, a grandes bocanadas. Me siento como si llevara una semana sin hacerlo.

—Salgamos —dice Aaron—. ¿Llevas el móvil?

Asiento.

—Bien. El tuyo es el número al que llamarán para darnos noticias. Lo he comprobado.

Bajamos en el ascensor y las puertas del hospital nos escupen a la calle. Hay un parque al otro lado. Los niños se columpian, rodeados de árboles. Canguros y padres hablan a gritos por teléfono.

Estamos en la acera, viendo la Quinta Avenida en toda su extensión. Los coches se empujan hacia delante, acicateándose unos a otros. La ciudad respira, respira, respira.

—¿Adónde vamos? —Estoy molida. Levanto una pierna para comprobar si los huesos me sostienen.

—Es una sorpresa —dice Aaron.

—No me gustan las sorpresas.

Aaron se ríe.

—Estarás bien —me dice. Me coge de la mano y subimos por la Quinta Avenida.

23

—No podemos alejarnos mucho —le digo.

Camina tan rápido que casi tengo que correr para mantenerme a su altura.

—No vamos lejos —me responde—. Está aquí mismo.

Estamos ante la entrada trasera de un edificio con portero de la calle Ciento uno. Saca una tarjeta de identificación de la cartera y la pasa por la cerradura electrónica. La puerta se abre.

—¿Estamos cometiendo allanamiento? —le pregunto.

Se ríe.

—Simplemente entramos. —Accedemos a lo que parece un almacén en el sótano. Sigo a Aaron entre hileras de bicicletas y enormes contenedores de plástico con artículos fuera de temporada hasta un ascensor que hay al fondo.

Miro el móvil para asegurarme de que sigo teniendo cobertura. Cuatro barras.

Es un montacargas viejo y pesado. Subimos a paso de tortuga hasta la azotea. Salimos a una diminuta extensión de césped rodeada de una terraza de hormigón más allá de la cual la ciudad se extiende ante nosotros. Hay una cúpula de cristal detrás de nosotros, una suerte de espacio para celebraciones.

—He pensado que te vendría bien un poco de espacio —me dice Aaron.

Doy unos pasos dubitativos hacia la terraza y paso una mano por el hormigón veteado.

—¿Por qué tienes acceso a esta azotea?

—Es un edificio en el que estoy trabajando —me dice. Se sitúa a mi lado—. Me gusta porque es muy alto. Normalmente los edificios del East Side son bastante bajos.

Me fijo en el hospital, empequeñecido a nuestros pies, e imagino a Bella tumbada en la mesa de operaciones, con las entrañas a la vista. Me aferro al hormigón.

—Yo he gritado aquí arriba —me cuenta—. No te juzgaré si quieres hacerlo.

Tengo hipo.

—Estoy bien —le digo.

Me vuelvo hacia él. Tiene la mirada fija en el hospital de abajo. ¿En qué estará pensando? ¿Estará imaginándose a Bella como me la imagino yo?

—¿Qué es lo que te gusta de ella? —le pregunto—. ¿Vas a decírmelo?

Sonríe sin alzar la vista.

—Su calidez —me responde—. ¡Es tan condenadamente cálida! ¿Sabes lo que quiero decir?

—Lo sé.

—Y es preciosa, eso es evidente.

—Qué aburrido —digo.

Sonríe.

—Y cabezota, también. Creo que las dos tenéis eso en común.

Suelto una carcajada.

—Es probable que tengas razón.

—Y es espontánea de una manera que la gente ya no suele ser. Vive el momento presente. —Una sensación de reconocimiento me golpea en el pecho. Lo miro. Tiene el ceño fruncido. Es como si de repente entendiera lo que significa realmente lo que acaba de decir. La posibilidad a la que se enfrenta. Ring, ring, ring. Entonces me doy cuenta de que es mi móvil. Lo tengo en la mano, vibrando y sonando.

—¿Diga?

—Señorita Kohan, soy el doctor Jeffries, el adjunto del doctor Shaw. El doctor quería que la llamara y la pusiera al corriente.

Contengo el aliento. El aire se detiene. Desde algún lugar distante, Aaron me coge de la mano.

—Vamos a hacer una biopsia de colon y de tejido abdominal, pero todo va según lo previsto. Todavía tenemos por delante unas cuantas horas de intervención, pero el doctor quería que supiera que por ahora todo va bien.

—Gracias —logro decir—. Gracias.

—Vuelvo al quirófano —me dice antes de colgar.

Miro a Aaron. Veo el amor en su mirada. Es un reflejo del mío.

—Ha dicho que todo va según lo previsto.

Suelta el aire que ha estado conteniendo y me suelta la mano.

—Deberíamos regresar —me dice.

—Sí.

Volvemos sobre nuestros pasos. Montacargas, puerta, calle. Cuando entramos en el vestíbulo del hospital, alguien me llama.

—¡Dannie!

Me vuelvo y veo a David que se nos acerca corriendo.

—Hola —nos saluda—. Estaba intentando informarme. ¿Cómo va todo? Hola, tío. —Le estrecha la mano a Aaron.

—Vuelvo arriba —dice Aaron. Me toca el brazo y se marcha.

—¿Estás bien? —David me abraza.

Le devuelvo el abrazo.

—Dicen que va todo bien —le digo, aunque no sea del todo cierto. Lo que dicen es que va según lo previsto—. No creo que tengan que tocar el estómago.

David frunce el ceño.

—Dios mío. Eso es bueno, ¿no? ¿Cómo estás tú?

—Voy aguantando.

—¿Has comido algo?

Niego con la cabeza.

David saca una bolsa de papel con el logo de Sarge's. Mi *bagel* de ensalada de bacalao.

—Este es mi desayuno de ganadora —digo entristecida.

—Saldrá de esta, Dannie.

—Debería volver arriba —digo—. ¿Tú no tendrías que estar en el despacho?

—Aquí es donde tengo que estar. —Pone una mano en mi espalda y sube conmigo. Cuando llegamos a la sala de espera, Jill y Frederick siguen pegados cada uno a su móvil. Hay un montón de comida para llevar de Scarpetta en una silla, a su lado. Ni siquiera entiendo cómo se las han arreglado para hacer una entrega tan temprano. Ni siquiera estoy segura de que abran al mediodía.

Saco el portátil. Lo único que tiene de bueno el hospital es el wifi fiable y gratis.

Bella se lo ha contado a muy poca gente. A Morgan y Ariel, a quienes ahora mando un correo electrónico, y a las chicas de la galería, por razones de organización. También a ellas las pongo al día. Imagino a esas mujeres pequeñas y delgaduchas enfrentándose a que su hermosa jefa tenga cáncer. ¿A los treinta y tres años les parecerá vieja? Ellas todavía no han cumplido los veinticinco.

Trabajo dos horas. Respondo correos, evito llamadas e investigo. Mi cerebro es una mezcla de concentración, paranoia, miedo y ruido. En algún momento, David me fuerza a comer el bocadillo. Me sorprende tener apetito. Me lo como entero. David se va, prometiendo volver más tarde. Le digo que lo veré en casa. Jill va y viene. Frederick va a buscar un cargador. Aaron está sentado, a veces lee, a veces no hace otra cosa que mirar el reloj y la gran pantalla que indica dónde están los pacientes en cada momento. Paciente 487B, todavía en quirófano. Casi a última hora de la tarde, veo al doctor Shaw cruzando las puertas dobles. El corazón me da un vuelco, oigo su latido como el tañido de un gong.

Me levanto, pero no corro hacia él. Es curioso cómo nos aferramos a las convenciones sociales incluso en las circunstancias más extraordinarias. Son normas que no estamos dispuestos a saltarnos.

El doctor parece cansado, mucho más viejo de lo que es —calculo que tendrá unos cuarenta años.

—Todo ha ido bien —dice.

Noto una oleada de alivio que me recorre el cuerpo a la par que la sangre.

—Ha salido del quirófano y está en reanimación. Hemos extraído todo el tumor y las células cancerígenas lo mejor que hemos podido.

—Gracias a Dios —dice Jill.

—Tiene un largo camino por delante, pero hoy ha salido bien.

—¿Podemos verla? —digo.

—Ha pasado por mucho. De momento, solo una visita. Alguien de mi equipo vendrá a acompañarlos y responderá a cualquier pregunta que tengan.

—Gracias —le digo. Le estrecho la mano.

Lo mismo hacen Frederick y Jill. Aaron sigue sentado. Cuando me vuelvo a mirarlo, veo que llora, tapándose la cara con el dorso de la mano y tragándose los sollozos.

—Eh —le digo—, deberías ir tú.

Jill me mira, pero no dice nada. Conozco a los padres de Bella. Sé que estar con ella en la sala de reanimación, a solas, les da miedo. No quieren tomar decisiones sobre su salud. Así que lo haré yo, como siempre he hecho.

—No. —Descarta mi sugerencia gesticulando su negativa y apartando de él la atención—. Deberías ir tú.

—Querrá verte —le insisto.

Imagino a Bella despertándose en la cama. Dolorida, confusa. ¿Qué rostro querrá ver inclinado sobre ella? ¿Qué mano querrá que sostenga la suya? Sé que la de Aaron.

Se acerca una enfermera. Lleva un uniforme rosa intenso y un koala de peluche sujeto al bolsillo de la camisa.

—¿Son ustedes la familia de Bella Gold?

Asiento.

—Él es su marido —miento. No sé qué regla rige para los novios—. Le gustaría verla.

—Le acompaño —dice la mujer.

Los observo alejarse por el pasillo. Cuando ya se han ido, Jill y Frederick me acorralan a preguntas, exigiendo que vuelva la enfermera. Me alegro por Bella por primera vez. Esto es lo que siempre ha querido. Esto precisamente. Amor.

24

Bella debería pasar siete días en el hospital, pero, por su edad y su estado de salud general, le dan el alta al cabo de cinco. Así que el sábado por la mañana voy a verla a su casa. Jill ha vuelto a Filadelfia el fin de semana para «ocuparse de sus asuntos», pero ha contratado una enfermera que impone una disciplina militar. El piso está impoluto cuando llego. Nunca lo había visto tan ordenado.

—No me deja ni levantarme —me dice Bella. Cada día tiene mejor aspecto. Cuesta entender que todavía esté enferma, que todavía le queden dentro células cancerígenas.

Tiene las mejillas sonrosadas y ha recuperado su color. Cuando llego, está sentada en la cama disfrutando de unos huevos revueltos con aguacate, pan tostado y una taza de café.

—Esto es como un servicio de habitaciones —le comento—. Siempre has querido vivir en un hotel.

Dejo los girasoles que le he comprado, sus flores preferidas, en la mesita de noche.

—¿Dónde está Aaron?

—Lo he mandado a casa. El pobre lleva una semana sin dormir. Tiene peor cara que yo.

Aaron ha estado montando guardia junto a su cama. Yo he ido a trabajar, he trabajado duro toda la semana, y la he visitado cada día por la mañana y por la noche, pero él se negaba a irse. Vigilaba a las enfermeras, los monitores, se aseguraba de que nadie diera un paso en falso.

—¿Y tu padre?

—Ha vuelto a París. Todo el mundo tiene que entender que estoy bien. Es evidente. Mírame. —Alza las manos sobre la cabeza para demostrarlo.

No empezará con la quimioterapia hasta dentro de tres semanas, el tiempo suficiente para recuperarse de la operación, pero no para que las células cancerígenas se extiendan demasiado; eso esperamos... No lo sabemos. Todos nos aferramos a eso. Todos fingimos. Fingimos que esta es la peor parte. Fingimos que ya ha pasado, que lo hemos dejado atrás.

Ahora, sentadas en su soleado dormitorio, con el aroma a café flotando a nuestro alrededor, es fácil olvidar que es todo una bonita mentira.

—¿La has traído? —me pregunta.

—Claro.

Saco del bolso toda la temporada de *Grosse Pointe*, un programa de la WB Television Network de los primeros años 2000 que tuvo tan poco éxito que no está disponible online. Cuando éramos pequeñas, sin embargo, nos encantaba. Es una comedia sobre lo que sucede entre bambalinas durante el rodaje de una teleserie. Éramos así de raritas. Compré los DVD y me he traído el ordenador viejo, el de hace diez años, que tiene reproductor.

Lo saco y se lo enseño.

—Estás en todo —dice.

—Casi.

Me saco los zapatos y me siento en la cama con ella. Los tejanos me resultan incómodos. Detesto a la gente que va por ahí con ropa deportiva. Por eso precisamente nunca viviría en Los Ángeles: demasiada licra. Aun así, cuando me siento con las piernas dobladas, tengo que admitir que estaría más cómoda con unas mallas. Bella lleva un pijama de seda con sus iniciales bordadas. Hace ademán de levantarse.

—¿Qué haces? —le digo pasando a la acción. Me lanzo sobre ella como un tren sobre las vías.

—Quiero agua. Estoy bien.

—Yo te la traigo.

Pone los ojos en blanco, pero vuelve a acostarse. Voy del dormitorio a la cocina, donde Svedka, la enfermera, lava con energía los platos. Alza la cabeza para mirarme con expresión asesina.

—¿Qué quiere? —me ladra.

—Agua.

Saca de la alacena una copa verde del juego que Bella compró en Venecia. Mientras la llena de agua, miro hacia el salón, su color alegre, los toques de azul, morado y verde bosque oscuro. Las cortinas cuelgan formando pliegues de seda violeta y las obras de arte, adquiridas a lo largo de los años en todos los lugares en los que ha estado, y ha estado en todas partes, adornan las paredes. Bella siempre intenta que compre obras de arte. «Es invertir en tu futura felicidad —me dice—. Compra solo lo que te guste mucho.» Sin embargo, yo no tengo buen ojo para el arte. Todas las piezas que tengo las ha escogido Bella por mí y muchas me las ha regalado.

Svedka me da la copa de agua.

—Vaya —me dice, adelantando la barbilla hacia el dormitorio.

Me inclino ante ella.

—Me asusta —le digo a Bella, dándole el agua y volviendo a la cama.

—Jill sabe cómo añadir más tensión si cabe a esta situación. —Se ríe; suena como un tintineo, luces centelleantes—. ¿De dónde has sacado los DVD? —Abre el portátil. La pantalla está apagada y pulsa el botón de encendido.

—De Amazon —le respondo—. Espero que este trasto funcione. Es una antigualla.

El aparato arranca, protestando por su vejez. La luz azul parpadea y luego queda fija. Entonces la pantalla cobra vida con una floritura, como si dijera: «Todavía puedo».

Quito el envoltorio y pongo un DVD. La pantalla zumba y aparecen nuestros viejos amigos. El sentimiento de nostalgia, de una nostalgia agradable, una nostalgia cálida, sin melancolía, invade el ambiente. Bella se recuesta y apoya el cuello en mi hombro.

—¿Te acuerdas de Stone? —dice—. Dios mío, me encantaba este programa. —Me sumerjo en los comienzos de los años 2000 durante las dos horas y media siguientes. En algún momento, Bella se queda dormida. Pauso la imagen y me levanto de la cama. Reviso los correos electrónicos en el salón. Hay uno de Aldridge: «¿Podemos reunirnos el lunes por la mañana? A las nueve en mi despacho». Aldridge nunca me manda correos electrónicos, desde luego nunca durante el fin de semana. Va a despedirme. Apenas he ido al bufete. Voy retrasada con una diligencia debida y respondo tarde a los mensajes. Mierda.

—¿Dannie? —Bella me llama desde el dormitorio.

Me levanto y corro hacia allí. Se despereza y hace una mueca.

—Me había olvidado de los puntos —dice.

—¿Qué necesitas?

—Nada. —Se incorpora despacio, entrecerrando los ojos por el dolor—. Se me pasará.

—Tendrías que comer algo.

Como si tuviera micrófonos ocultos para escucharnos, Svedka aparece en la puerta.

—¿Quiere comer?

Bella asiente.

—A lo mejor un bocadillo —dice—. ¿Hay queso?

Svedka asiente y se va.

—¿Te tiene vigilada con un monitor para bebés?

—Es probable.

Se incorpora más para sentarse y veo que está sangrando. Tiene una mancha escarlata en el pijama gris.

—Bella —le digo señalándole—. No te muevas.

—No pasa nada. No es para tanto —dice, pero parece atontada y un poco nerviosa. Parpadea rápidamente varias veces.

Siempre atenta, Svedka vuelve. Corre hacia Bella, le levanta la chaqueta del pijama y, como por arte de magia, se saca una gasa y ungüento de la manga y le cambia el vendaje a Bella. Todo arreglado.

—Gracias —le dice Bella—. Estoy bien, de verdad.

Al cabo de un momento, la puerta se abre y Aaron entra en el dormitorio. Va cargado de bolsas. Encargos, regalos, comida. A Bella se le ilumina la cara.

—Lo siento. No puedo mantenerme alejado. ¿Qué preparo? ¿Comida tailandesa, italiana o *sushi*? —Deja las bolsas en el suelo y se inclina para besarla, con una mano en su mejilla.

—Greg cocina —dice Bella sin apartar los ojos de él.

—Ya lo sé.

Sonríe.

—¿Quieres quedarte a cenar?

Pienso en el montón de trabajo que tengo, en el correo electrónico de Aldridge.

—Creo que voy a irme. Disfrutad.

»Puede que quieras ponerte una armadura antes de entrar a la cocina —le digo. Miro a Svedka, que está en la puerta con el ceño fruncido.

Mientras recojo mis cosas, Aaron se echa en la cama con Bella. Se tumba vestido encima de las mantas y la cambia suavemente de postura para tenerla entre sus brazos. Lo último que veo antes de irme es que le ha puesto una mano en el vientre con suavidad y ternura, tocando lo que allí se oculta.

25

Lunes por la mañana. Las 8.58. Despacho de Aldridge.

Sentada en una silla, espero a que regrese de una reunión con un socio. Me he puesto un traje nuevo de Theory con una blusa de seda de cuello alto. En absoluto frívolo. Pura sobriedad. Doy golpecitos con el bolígrafo en una esquina del archivador. He traído todos nuestros últimos acuerdos, los éxitos a los que he contribuido y, en algunos casos, supervisado.

—Señorita Kohan. Gracias por venir —me saluda Aldridge.

Me levanto y le estrecho la mano. Lleva un terno de Armani hecho a medida, con camisa rosa y azul y complementos a juego ribeteados de rosa. A Aldridge le encanta la moda. Tendría que haberme acordado.

—¿Qué tal estás? —me pregunta.

—Bien —le respondo comedida.

—Estupendo —asiente—. Últimamente he estado fijándome en tu trabajo. Y debo decir...

Incapaz de soportarlo, me adelanto.

—Lo siento —le digo—. He estado distraída. Mi mejor amiga ha estado muy enferma. Pero me llevé todos mis casos al hospital y todavía estamos a tiempo para la fusión de Karbinger. Nada ha cambiado. Este trabajo es mi vida y haré lo imposible para demostrártelo.

Aldridge está desconcertado.

—Tu amiga está enferma. ¿Qué le pasa?

—Tiene cáncer de ovarios. —En cuanto lo digo, veo mis palabras en la mesa, entre ambos. Hinchadas, rebeldes, sangrando. Lo manchan todo. Los documentos del escritorio de Aldridge, su hermoso traje de Armani.

—Lo lamento mucho —me dice—. Parece serio.

—Lo es.

Cabecea.

—¿Le has conseguido los mejores médicos?

Asiento en silencio.

—Bien. Eso está bien. —Frunce el ceño y pone cara de sorpresa—. No te he convocado para reprenderte por tu trabajo. Me ha impresionado tu iniciativa últimamente.

—No entiendo.

—Apuesto a que no —me dice riéndose—. ¿Conoces QuTe?

—Por supuesto.

QuTe es una de nuestras empresas tecnológicas, conocida sobre todo por su motor de búsqueda, al igual que Google, pero es relativamente nueva y se está desarrollando de forma interesante y creativa.

—Está lista para salir a Bolsa.

Abro los ojos como platos.

—Pensé que eso no pasaría nunca. —QuTe fue fundada por dos mujeres, Jordi Hills y Anya Cho, desde su dormitorio de la universidad, en Siracusa. Su motor de búsqueda está equipado con terminología y resultados más juveniles. Por ejemplo, si buscas «Audrey Hepburn», es posible que en primer lugar aparezca el documental de

Netflix sobre ella; en segundo lugar, *E! True Hollywood Story*; en tercero, su participación en los programas más recientes de la CW Television Network (y la manera de vestirse como ella). Lo siguiente en la lista, sus biografías y sus películas. Es brillante. Una verdadera mina de la cultura pop. Y, según tenía entendido, Jordi y Anya no tenían intención de vender.

—Han cambiado de opinión y nos hace falta alguien que supervise la operación.

El corazón se me desboca al oírlo. Noto el latido en las venas, el empujón de la adrenalina, acelerándolo, disparándolo.

—De acuerdo.

—Te ofrezco ser la adjunta principal en este asunto.

—¡Sí! —Casi grito—. Por supuesto que sí.

—Espera —me frena Aldridge—. El trabajo es en California. La mitad en Silicon Valley y la mitad en Los Ángeles, donde viven Jordi y Anya. Quieren trabajar lo máximo posible fuera de las oficinas de Los Ángeles. Además, será pronto; casi seguro que empezaremos el mes que viene.

—¿Quién es el socio responsable? —le pregunto.

—Yo. —Sonríe. Tiene la dentadura tan blanca que deslumbra—. ¿Sabes, Dannie? Siempre he visto mucho de mí en ti. Eres muy exigente contigo misma. Yo también lo era.

—Me encanta este trabajo.

—Sé que te encanta. Pero es importante que te asegures de que el trabajo no sea cruel contigo.

—Eso es imposible. Somos abogados de empresa. Nuestro trabajo es inherentemente cruel.

Aldridge suelta una carcajada.

—Tal vez, pero no creo que hubiera durado tanto en esto si creyera que no íbamos a llegar a un acuerdo.

—Tú y el trabajo.

Aldridge se quita las gafas y me mira a los ojos.

—Mi ambición y yo. Nada más lejos de mi intención que decirte a qué trato debes llegar tú. Todavía trabajo ochenta horas a la semana. Mi marido, que Dios lo bendiga, quiere matarme. Pero...

—Conoces los términos del acuerdo.

Sonríe y vuelve a ponerse las gafas.

—Conozco los términos.

La Oferta Pública de Acciones empezará a mediados de noviembre. Octubre está ya bastante avanzado. Llamo a Bella a la hora de almorzar, mientras me tomo una ensalada Sweetgreen. Parece cómoda y descansada. Las chicas de la galería están con ella y le está dando vueltas a una nueva exposición. No puede hablar. Bien.

Salgo pronto del trabajo con la intención de recoger uno de los platos que más le gustan a David, el *teriyaki* de Haru, para sorprenderlo al llegar a casa. Apenas nos hemos visto. Creo que la última vez que tuve una verdadera conversación con él fue en el hospital. Y apenas hemos dedicado atención a nuestros planes de boda.

Enfilo la Quinta Avenida y decido caminar. Todavía no son las seis de la tarde. David no estará en casa hasta dentro de dos horas como mínimo y hace un tiempo perfecto. Es uno de esos primeros días de otoño realmente frescos en los que podrías ponerte un jersey pero, como el sol está todavía alto, con una camiseta basta. El viento es suave y lánguido y la ciudad se regocija en el espíritu feliz y satisfecho de la rutina. Yo me siento tan festiva, de hecho, que cuando paso por delante de Intimissimi, una conocida tienda de lencería, decido entrar.

Pienso en el sexo, en David. En lo bueno, sólido y satisfactorio que es y en que nunca he sido de las que quieren que les tiren del pelo o les den unos azotes. Ni siquiera me gusta demasiado ponerme encima. ¿Y qué? A lo mejor no estoy en contacto con mi sexualidad, algo de lo que Bella, de vez en cuando, demasiado de vez en cuando, me ha acusado en más de una ocasión.

La tienda está llena de bonitas prendas de encaje. Diminutos sujetadores con lazos y braguitas a juego. Saltos de cama con volantes y escarapelas en el dobladillo. Batas de seda.

Escojo una camisola negra de encaje y un culote, completamente diferentes de todo lo que tengo, pero aun así de mi estilo. Pago sin probármelos y me voy a Haru. Por el camino hago el pedido. No tiene sentido esperar.

No puedo creer que esté haciendo esto. Oigo la llave de David en la cerradura y me dan ganas de volver corriendo al dormitorio y esconderme, pero ya es demasiado tarde. El piso está lleno de velas y de la música de Barry Manilow. Parece una comedia erótica típica de los años noventa.

David entra y deja las llaves en la mesa y la cartera en la encimera. No se percata del ambiente hasta que se agacha para quitarse los zapatos. Y me ve.

—¡Guau!

—Bienvenido a casa.

Me he puesto la lencería negra con una bata de seda también negra que me regalaron hace siglos en una despedida de soltera. Me acerco a David. Le entrego un extremo del cinturón.

—Tira —le digo, como si fuera otra persona.

Lo hace y la bata se abre y cae al suelo.

—¿Esto es para mí? —Toca con el índice un tirante de la camisola.

—Sería raro que no lo fuera.

—Bien —dice en voz baja.

—Sí.

Me baja el tirante. Por una ventana abierta entra un soplo de brisa que hace bailar la llama de las velas.

—Esto me gusta —dice.

—Me alegro.

Le quito las gafas y las dejo en el sofá. Luego empiezo a desabrocharle la camisa. Es blanca, de Hugo Boss. Se la compré por Hanukkah hace dos años junto con otras dos, una rosa y una de rayas azules. Nunca se pone la azul. Era mi preferida.

—Estás muy sexy. Nunca te vistes así.

—En el bufete no está permitido, ni siquiera los viernes —le digo.

—Ya sabes a qué me refiero.

Desabrocho el último botón y le quito la camisa, primero una manga y después la otra. David siempre es cariñoso. Siempre. Noto el cosquilleo de su vello pectoral en la piel, el suave abrazo de mi cuerpo contra el suyo.

—¿Vamos al dormitorio? —me pregunta.

Asiento en silencio.

Entonces me besa rápida y apasionadamente al lado del sofá. Me pilla desprevenida y me aparto.

—¿Qué pasa? —dice.

—Nada. Vuelve a hacerlo.

Y lo hace.

Me besa en el dormitorio. Me besa donde no me cubre la lencería. Me besa bajo las sábanas. Y cuando estamos justo al borde del precipicio, aparta la cara y me lo pregunta.

—¿Cuándo nos casamos?

Tengo la mente confusa. Estoy cansada de la jornada, del mes, aturdida por la copa y media de vino que he tenido que tomarme para preparar este jueguecito.

—David —jadeo—. ¿Podemos hablar de eso luego?

Me besa el cuello, la mejilla, el puente de la nariz.

—Sí.

Me penetra y se mueve de modo deliberado despacio. Siento que me descontrolo antes de haber tenido ocasión de empezar. Sigue moviéndose encima de mí mucho tiempo después de que yo haya vuelto a mi cuerpo, a mi mente. Somos como constelaciones que se cruzan, que ven la luz de la otra, pero en la distancia. Parece imposible cuánto espacio puede haber en esta intimidad, cuánta privacidad. Y creo que tal vez el amor es eso. No la ausencia de espacio, sino la conciencia del mismo, de lo que vive entre las partes, de lo que permite no ser uno, sino algo diferente, ser dos.

Pero hay algo que no puedo quitarme de la cabeza. Algo enterrado en mi cuerpo, en mis células, que surge ahora, inundándome, tanteándome, amenazando con salir de mis labios. Eso que he mantenido enterrado y bajo llave durante casi cinco años ha quedado expuesto a esta fracción de luz.

Cierro los ojos para luchar contra ello. Quiero que sigan cerrados. Cuando se acaba, cuando por fin los abro, David me está mirando de un modo que jamás había visto. Me está mirando como si ya se hubiera ido.

26

Voy a casa de Bella y le preparo decenas de sándwiches de mantequilla de cacahuete y mermelada, lo único que sé «cocinar». Las chicas de la galería también vienen. Pedimos comida a Buvette y el camarero preferido de Bella nos la trae personalmente. Luego llegan los resultados de la intervención quirúrgica. Los médicos tenían razón: fase tres.

Está en el sistema linfático, pero no en los órganos circundantes. Buenas y malas noticias. Bella empieza con la quimioterapia y aunque sea una locura seguimos organizando la boda para dentro de dos meses: será en diciembre en Nueva York. Llamo al organizador de bodas, el mismo al que recurrió una chica de mi bufete. Nathaniel Trent ha escrito un libro sobre el tema, *Cómo casarse: estilo, comida y tradición*. Mi compañera me compra el libro y lo hojeo en el trabajo, agradecida por estar en el entorno salvaje de este bufete que no requiere ni me exige que haga aspavientos al ver los ramos de peonías.

Elegimos un lugar para la celebración. Un *loft* del centro que, como dice Nathaniel, es el «mejor espacio vacío de Manhattan». Lo que no dice es que todos los buenos hoteles están reservados y que esto es lo mejor que vamos a conseguir. Una pareja ha cancelado la boda y hemos tenido suerte. La elección del *loft* implica tomar más decisiones, hay que llevar de todo, pero los hoteles disponibles son sosos o están demasiado orientados al mundo empresarial, así que aceptamos el consejo de Nathaniel y nos decidimos por algo que marque la diferencia.

Al principio, la quimioterapia va bien. Bella es una campeona.

—Me encuentro superbién —me dice camino a casa desde el hospital tras la segunda sesión—. No tengo náuseas ni nada.

He leído, por supuesto, que el comienzo es engañoso. Que todo está en el aire hasta que los productos químicos llegan a los tejidos, los invaden y empiezan a dañarlos realmente. Pero tengo esperanzas, claro que sí. Respiro.

Estoy leyendo la OPA de QuTe. Aldridge ya se ha reunido en California con las fundadoras. Si acepto, me iré dentro de tres semanas. Es el caso de mis sueños. Unas jóvenes emprendedoras, un socio principal supervisando, acceso total al acuerdo.

—Por supuesto que debes aceptar —me dice David mientras tomamos una copa de vino y una ensalada griega.

—Estaría en Los Ángeles un mes —le advierto—. ¿Qué pasará con la boda? ¿Y qué hay de Bella? Me perderé las citas con sus médicos y no estaré aquí para ella.

—Bella está bien —me dice David, y se adelanta a mi pregunta—: Ella querría que te fueras.

—Eso no implica que deba hacerlo.

David bebe de su copa. El vino es un tinto que compramos en una degustación en Long Island el otoño pasado. Fue el que más le gustó a David. Recuerdo que a mí me pareció bien, igual que esta noche. El vino es vino.

—A veces hay que tomar decisiones pensando en uno mismo. Hacerlo no te convierte en una mala amiga, solo significa que te das prioridad, lo cual está bien.

Lo que no le digo, porque sospecho o, más bien, porque sé que me daría un sermón, es que yo no me doy prioridad. Que nunca lo he hecho. No si se trata de Bella.

—Nate dijo que deberíamos elegir los lirios de tigre, que ya nadie opta por las rosas —le digo, cambiando de tema.

—Eso es una locura —dice David—. Es una boda.

Me encojo de hombros.

—A mí me da igual —comento—. ¿A ti no?

David toma otro sorbo. Parece que de verdad se lo esté pensando.

—Sí —dice.

Nos quedamos un rato en silencio.

—¿Qué quieres hacer el día de tu cumpleaños? —me pregunta.

Mi cumpleaños. La semana que viene. El 21 de octubre. Treinta y tres años. «Tu año mágico —me dijo Bella—. Tu año de los milagros.»

—Nada —le respondo.

—Haré una reserva —dice David.

Se levanta para ir a rellenar su plato de *tzatziki* y berenjena asada. Es una pena que ninguno de los dos sepa cocinar. Nos encanta comer.

—¿Quién debería casarnos? —me pregunta David, y sin darme tiempo a responder añade—: Pediré a mis padres el teléfono del rabino Shultz.

—¿No lo tienes?

—No —dice dándome la espalda.

El matrimonio es esto, lo sé. Discusiones y comodidad, falta de comunicación y largos silencios. Años y años de apoyo, atención e imperfección. Creía que a estas alturas ya llevaríamos casados mucho tiempo, pero aquí sentada, me doy cuenta de que siento alivio porque David todavía no ha conseguido el teléfono del rabino. A lo mejor él también está algo indeciso todavía.

El sábado acompaño a Bella a quimioterapia. Charla afablemente con una enfermera llamada Janine, que usa un uniforme blanco con un arcoíris pintado a mano en la espalda, mientras le toma una vía. El área de quimioterapia está en un centro médico de la calle Ciento dos Este, a dos manzanas de donde la operaron. En el tercer piso del Centro de Tratamiento Ruttenberg, los sillones son anchos y las mantas suaves. Bella ha traído un chal de cachemira.

—Janine me deja guardar una cesta aquí —me dice en un susurro conspirador.

Llega Aaron y los tres nos comemos un polo y matamos el tiempo. Dos horas después, estamos en un Uber volviendo al centro cuando de repente Bella me agarra del brazo.

—¿Podemos parar? —pregunta. Y luego con más urgencia—: Pare.

Nos detenemos en la esquina de Park Avenue con la Treinta y nueve y ella se inclina por encima de Aaron para vomitar en la calle. Lo hace de forma convulsiva. Los restos de polo de colores salen mezclados con la bilis.

—Sostenle el pelo —le digo a Aaron, que le frota la espalda con suavidad en pequeños círculos.

Rechaza nuestra ayuda sacudiendo una mano hacia atrás, jadeando encima de las rodillas de Aaron.

—Estoy bien —dice.

—¿Tiene pañuelos de papel? —le pregunto al conductor del vehículo, que afortunadamente no ha abierto la boca.

—Tenga. —Me da una caja de pañuelos decorada con nubes.

Saco tres pañuelos y se los paso a Bella, que los usa para limpiarse la boca.

—Vaya numerito —dice.

Se acomoda de nuevo en el asiento, pero está cambiada. Ahora sabe que lo que está por venir tendrá que afrontarlo sola. No puedo pasarlo yo por ella, ni siquiera podemos compartirlo. Procuro acercarme para intentar mantener las mandíbulas abiertas, pero las ha cerrado demasiado deprisa. Bella se apoya en Aaron y veo cómo el vientre le sube y le baja al ritmo de la respiración. Es una primera señal y no es buena.

Aaron la ayuda a subir a casa. Svedka sigue allí lavando unos platos que nunca han estado sucios. Bella no se ha recuperado del todo de la operación y cosas como subir unos cuantos escalones o agacharse aún le cuestan. Tardará meses en recuperarse por completo, y además está la quimioterapia.

—Vamos a acostarte —le digo.

Lleva un vestido de Zimmermann de encaje azul con una chaqueta de cuero color chocolate suave como la mantequilla. La ayudo a desvestirse. Aaron se queda en el salón. Cuando se desnuda, veo las cicatrices, algunas todavía vendadas, y lo mucho que ha adelgazado en unas cuantas semanas. Debe de haber perdido siete kilos.

Sonrío, obligando a la marea de emociones a bajar.

—Venga —le digo.

Adelanta la cabeza como un niño y le pongo una camiseta de algodón de manga larga y unos pantalones de chándal color gris claro, de esos que se atan con un cordón. Tiro del edredón recién lavado, la acuesto y le ahueco las almohadas.

—Te portas muy bien conmigo —dice. Me rodea una mano con la suya. Siempre ha tenido unas manos muy pequeñas, demasiado pequeñas para su cuerpo.

—Me lo pones fácil —le digo—. En nada estarás mejor.

Nos miramos un momento, el tiempo suficiente para reconocer el terrible miedo al que nos enfrentamos.

—¡Tengo una cosa para ti! —exclama. Se le ilumina la cara con una sonrisa. Se mete un mechón de pelo detrás de la oreja, un pelo que pronto se le habrá caído.

—Bella... —protesto—. Esto no...

Niega con la cabeza.

—¡Es por tu cumpleaños!

—Mi cumpleaños es la semana que viene.

—Por eso, no falta nada. Tengo una buena excusa para hacer las cosas ahora, ¿no te parece?

No digo nada.

—Greg, ¿puedes venir a ayudarme?

Aaron entra en el dormitorio secándose las manos en los tejanos.

—¿Qué pasa?

Bella se sienta en la cama y le indica entusiasmada un

paquete envuelto para regalo que hay apoyado en la pared donde está el armario.

Aaron lo coge. No pesa poco, estoy segura.

—¿Lo dejo en la cama? —le pregunta él.

—Sí. Aquí. —Aparta la manta que le cubre los pies y se sienta con las piernas cruzadas. Da unas palmaditas en el colchón para que me acomode a su lado—. Ábrelo —me pide.

El paquete, envuelto en papel dorado, lleva una cinta de seda blanca y plateada. Bella es una experta envolviendo regalos, así que esto me consuela un poco porque es una señal de que lo ha hecho ella misma. Es una prueba de estabilidad, de orden. Lo abro.

Dentro hay un marco de gran tamaño. Un cuadro.

—Dale la vuelta —me dice.

Lo hago con ayuda de Aaron.

—Vi este grabado en Instagram y supe enseguida que debías tenerlo. Tardé una eternidad en encontrar el auténtico, un Allen Grubesic. Creo que solo imprimió doce ejemplares. En la galería lo hemos estado buscando para ti. Lo encontramos hace dos meses. Lo vendía una mujer en Italia. No lo dudamos. Estoy obsesionada. Por favor, dime que te encanta.

Miro el grabado que estoy sosteniendo. Es una tabla optométrica que pone: «ERA JOVEN, NECESITABA EL DINERO».

Se me entumecen las manos.

—¿Te gusta? —insiste con una voz una octava más baja.

—Sí. —Trago saliva—. Me encanta.

—Me pareció que te gustaría.

—Aaron —digo dirigiéndome a él. Noto su presencia. Esto es una locura, es imposible que él no lo sepa—. ¿Qué pasó con ese piso de Dumbo?

Bella se ríe.

—¿Por qué le llamas Aaron? —me pregunta.

—Está bien —dice él abruptamente—. No me importa.

—Ya sé que no, pero ¿por qué?

—Es su nombre de pila, ¿no? —Me centro en el regalo y paso la mano por el cristal.

—Lo he comprado. El piso —me dice Bella. La discusión sobre el nombre de Aaron ha quedado relegada al olvido tan de golpe como ha empezado—. Lo demás me lo guardo para mí y tú tienes que averiguarlo.

Aparto el grabado y le cojo las manos.

—Escúchame, Bella. No puedes reformar ese piso. Ha sido una buena inversión porque tiene potencial. Lo has comprado, vale, pues véndelo. Prométeme que no te mudarás allí. Prométemelo.

Bella me aprieta la mano.

—Estás loca —me dice—, pero está bien, te lo prometo. No voy a mudarme allí.

27

La quimioterapia pasa muy veloz de buena a mala y a espantosa, demasiado deprisa. A la semana siguiente, Bella está enferma, a la otra, débil y más adelante, encogida sobre sí misma, con el cuerpo prácticamente cóncavo.

Lo único bueno es que el pelo no se le cae. Sesión tras sesión, semana tras semana, ni un solo mechón.

—A veces sucede —me dice el doctor Shaw.

El médico acude a sus sesiones de quimioterapia para controlarla y valorar cualquier análisis de sangre reciente. Hoy Jill está con su hija, lo que explica por qué el doctor Shaw y yo estamos en el pasillo, a una habitación de distancia de donde la madre de Bella finge ser solícita.

—Hay pacientes que no pierden el pelo. Sin embargo, es raro. Ella es una de las afortunadas.

—Afortunada. —Saboreo la palabra. Sabe a podrido.

—No ha sido el término más apropiado —se disculpa—. Los médicos no somos los más sensibles.

—No —le doy la razón—. Bella tiene un pelo estupendo.

El doctor Shaw me sonríe. Unas zapatillas Nike de colores asoman de sus tejanos. Indican que tiene una vida más allá de estos muros. ¿Se va a casa con sus hijos? ¿Cómo se quita de encima el día a día de estos pacientes que se encogen por dentro?

—Tiene suerte de tener una estupenda red de apoyo emocional —me dice él, no escucho eso por primera vez—. Hay pacientes que tienen que pasar por esto solos.

—Le quedan dos semanas de quimioterapia —digo—. Luego ¿le harán más pruebas?

—Sí. Veremos si el cáncer está localizado. Pero ¿sabe, Dannie?, como está en el sistema linfático, se trata en realidad de una contención. La probabilidad de remisión de un cáncer de ovarios...

—No. Ella es diferente. ¡Ha conservado el pelo! Es diferente.

El médico me da un apretón cariñoso en el hombro, pero no dice nada.

Quiero hacerle más preguntas. Si alguna vez ha visto un caso como este. Para qué deberíamos prepararnos. Quiero pedirle que me lo diga. Dígame qué va a pasar. Deme respuestas. Pero no puede. No lo sabe. Y no me interesa oír lo que sea que tenga que decirme.

Vuelvo a la habitación. Bella tiene la cabeza apoyada en la oreja de su butaca y los ojos cerrados. Los abre cuando me paro delante.

—Adivina qué —me dice soñolienta—. Mamá me va a llevar a cenar y a ver el musical de Barbra Streisand. ¿Quieres venir?

Jill, vestida con pantalones negros de crepé, una blusa de seda con estampado floral y el pelo recogido en un moño, asiente.

—Será divertido. Primero iremos a Sardi's a tomarnos unos martinis.

—Bella... —Hiervo de furia. Apenas puede levantarse. ¿Va a ir a cenar? ¿Al teatro?

Mi amiga pone los ojos en blanco.

—¡Oh, vamos! Puedo hacerlo.

—Ahora no deberías salir. El doctor Shaw lo dijo y dijo además que el alcohol podría ser incompatible con tu medica...

—¡Basta! ¿Qué pasa, que eres mi agente de la condicional? —me espeta.

Me sienta como un disparo en el estómago.

—No —le respondo con calma—. No intento privarte de nada, solo quiero que estés bien. Quien ha estado aquí y ha hablado con los médicos he sido yo.

Jill ni siquiera se inmuta. Ni siquiera parece entender la pulla.

—Yo también estaba —dice Bella.

Aparta la manta que le cubre las piernas. Veo lo delgadas que las tiene, tan delgadas como brazos. Es consciente de que me doy cuenta.

—Voy a buscar té helado —dice Jill—. Bella, ¿te traigo uno?

—Bella no toma té helado —le digo—. Lo detesta. Siempre lo ha odiado.

—Bien —dice Jill—. ¡Pues café! —Sin esperar respuesta, sale de la habitación a paso tranquilo, como si estuviera en la sección de jerséis y se dirigiera hacia el departamento de zapatería.

—¿Qué demonios te pasa? —refunfuña Bella cuando se ha ido.

—¿Que qué me pasa a mí? ¿Qué te pasa a ti? No puedes salir esta noche. Lo sabes. ¿Por qué te comportas así?

—¿Alguna vez se te ha pasado por la cabeza que a lo

mejor no me hace falta que me digas cómo me siento, que tal vez ya lo sé?

—No. No se me ha pasado por la cabeza porque es absurdo. No se trata de cómo te sientas, que, dicho sea de paso, es como una mierda. Has vomitado tres veces en el coche de camino aquí.

Bella aparta la mirada. La tristeza que siento no puede con la rabia. Porque eso es lo que siento: rabia. Por primera vez desde que le diagnosticaron el cáncer, permito que se apodere de mí. Permito que la justa indignación abra a fuego un agujero a través de mí, a través de ella, a través del infierno de esta guarida química.

—Cállate —dice Bella. Eso es algo que no me había dicho desde que teníamos doce años, en la trasera de la ranchera de mis padres, mientras peleábamos por sabe Dios qué. No por su vida. No por el cáncer—. No soy tu proyecto. No soy una niñita a la que tienes que salvar. No sabes más lo que me conviene que yo. —Se esfuerza por erguirse y hace una mueca porque la aguja del brazo se le mueve. Siento una impotencia tan grande que me abruma y amenaza con derrumbarme.

—Lo siento, Bella. Lo siento —le digo con cariño. Por todo lo que está pasando, por todo—. Está bien. Acabamos con esto y te llevo a casa.

—No —me responde con una fiereza arraigada—. No te quiero aquí nunca más.

—Bells...

—Déjate de tanto «Bells». Siempre haces lo mismo. Lo has hecho siempre. Crees que lo sabes todo. Pero se trata de mi cuerpo, no del tuyo, ¿vale? No eres mi madre.

—Nunca he dicho que lo fuera.

—No has tenido que hacerlo. Me tratas como a una niña. Me consideras una incapaz. Pero no te necesito.

—Bella, esto es de locos. Vamos.

—Por favor, deja de venir a mis sesiones de quimio.

—No voy a...

—¡No te lo estoy preguntando! —Está prácticamente gritando—. Te digo que te vayas. —Traga saliva. Tiene llagas en la boca. Seguro que le cuesta hablar—. Ya.

Salgo. Jill está fuera, haciendo malabarismos con un café y un té.

—Oh, hola, cariño —me dice—. ¿Un capuchino?

No le contesto. Sigo andando. Sigo andando hasta que empiezo a correr.

Saco el móvil. Antes de llegar al final del pasillo, antes de tener una idea clara de lo que estoy haciendo, me desplazo por la pantalla hasta su nombre y pulso el botón verde. Responde al tercer tono.

—Hola. ¿Qué pasa? ¿Bella se encuentra bien?

Empiezo a hablar y luego, en lugar de palabras me salen grandes sollozos entrecortados. Me agacho en el pasillo y dejo que se apoderen de mí. Las enfermeras pasan, impasibles. Después de todo, esta es la planta de quimioterapia. Nada nuevo que ver. Solo el fin del mundo una y otra y otra vez.

—Voy para allá —me dice, y cuelga.

28

—No lo ha dicho en serio —me dice Aaron.

Estamos sentados en un restaurante de Lexington, uno que está abierto hasta la madrugada llamado Big Daddy's o Daddy Dan's o algo parecido. Es el tipo de local que no puede permitirse el lujo de estar en el centro. Voy por la segunda taza de café solo, fuerte y amargo. No me merezco la nata.

—Sí que lo ha dicho en serio —le aseguro. Llevamos veinte minutos repasando el guion, desde que Aaron apareció corriendo hacia las puertas dobles del hospital y me encontró agachada fuera—. Siempre se ha sentido así, pero nunca me lo había dicho.

—Está asustada.

—¡Estaba tan enfadada conmigo! Nunca la había visto así. Parecía querer matarme.

—Es ella quien está pasando por esto —dice—. Ahora mismo tiene que creerse que es capaz de todo, incluso de tomar alcohol.

Ignoro su intento de quitar hierro al asunto.

—Lo es —le digo. Me muerdo el labio. Ya no quiero llorar. No delante de él. Demasiado vulnerable, demasiado cercano, demasiado íntimo—. Me cuesta creer que sus padres se estén comportando así. No sabes cómo son...

Aaron se sacude una pestaña invisible de la cara.

—No lo sabes —repito.

—Tal vez no. Parece importarles y eso está bien, ¿no?

—Se irán —le digo—. Siempre lo hacen. Cuando los necesite de verdad, se habrán ido.

—Pero, Dannie... —Aaron se inclina hacia delante. Noto que las moléculas de aire se tensan a nuestro alrededor—. Ahora están aquí y ella los necesita. ¿No es eso lo que importa?

Me acuerdo de lo que me prometió en la esquina de la calle. Siempre había creído que seríamos Bella y yo. Que no podía contar con nadie aparte de mí. Que nadie estaría a su lado para siempre excepto yo.

—No si al final se van —le digo.

Aaron se acerca más a mí.

—Creo que te equivocas.

—Creo que no lo entiendes. —Empiezo a pensar que me he equivocado al llamarlo. ¿En qué estaba pensando?

Niega con la cabeza.

—Malinterpretas el amor. Crees que debe tener futuro para que importe, pero no. Es lo único que no necesita llegar a nada. Importa mientras existe. Aquí y ahora. Al amor no le hace falta tener futuro.

Nos miramos a los ojos y creo que a lo mejor puede leer en los míos todo lo que pasó. Que tal vez, de alguna manera, ha remontado el tiempo. Que lo sabe. Lo de entonces, quiero decir. Quiero decírselo, aunque solo sea para que comparta esta carga conmigo.

—Aaron —digo, y en ese momento suena su móvil. Lo saca.

—Es del trabajo —me dice—. Espera.

Se levanta del banco. Lo veo gesticulando junto a las puertas de cristal con el escudo del restaurante: Daddy's. La camarera se me acerca. ¿Queremos comer algo? Niego con la cabeza. Solo la cuenta, por favor.

Me trae la cuenta, supongo que no esperaba que nos quedáramos. Dejo el importe en la mesa y cojo el bolso. Voy hacia Aaron, que sigue en la puerta. Está cortando la llamada.

—Perdona —me dice.

—No pasa nada. Me voy a ir. Tengo que volver al bufete.

—Es sábado.

—Soy abogada de empresa —susurro—, y he estado faltando mucho.

Fuerza una sonrisa. Parece decepcionado.

—Gracias por venir —le digo—. En serio. Gracias por venir. Te lo agradezco.

—Faltaría más. Dannie..., puedes llamarme cuando sea. Lo sabes, ¿verdad?

Sonrío asintiendo en silencio.

La campanilla de la puerta tintinea cuando me voy.

29

Esta es la primera semana de noviembre y Bella no me habla. La llamo. Le llevo comida por medio de David.

—Dale un poco de tiempo —me aconseja él.

No le digo lo absurdo que es eso. No puedo ni pensarlo, menos aún decirlo.

La doctora Christine se sorprende tanto de verme aparecer en su consulta como yo de haber ido. Quiere que le hable de mi familia, así que le hablo de Michael. Lo recuerdo cada vez menos. ¿Cómo era? Intento centrarme en los detalles. Su risa, los antebrazos demasiado largos, el pelo castaño con bucles que parecían de bebé y sus grandes ojos marrones. Que solía llamarme «colega». Que siempre me invitaba a pasar el rato en la tienda de campaña de nuestro patio trasero, aunque sus amigos ya se hubieran marchado. No me ponía ninguno de esos impedimentos que los hermanos mayores suelen poner a sus hermanas pequeñas. Nos peleábamos, claro, pero siempre supe que me quería y que quería tenerme cerca.

La doctora Christine me dice que estoy aprendiendo a afrontar una vida que no puedo controlar. Lo que no me dice, lo que no necesita decirme, es que lo hago fatal.

Sigo yendo a las sesiones de quimioterapia, pero me

quedo abajo. Me siento en el vestíbulo y leo los correos del trabajo hasta que sé que Bella ha terminado.

El miércoles siguiente el doctor Shaw pasa por allí. Estoy sentada en un antepecho de cemento, delante de unas plantas artificiales colgantes, ocupada en el papeleo. Alzo la mirada tan sobresaltada que estoy a punto de caerme.

—Hola —me saluda.

—Hola.

—¿Qué hace aquí?

—Estoy aquí por Bella. —Señalo hacia arriba con la mano que me dejan libre el montón de carpetas, hacia la habitación donde Bella, recostada, se está sometiendo a quimioterapia.

—Precisamente vengo de allí. —El doctor Shaw da un paso hacia mí y mira mis carpetas con desaprobación—. ¿Quiere un café? —me pregunta.

Antes he sacado uno malísimo de la máquina expendedora, pero se me está pasando el efecto de la cafeína muy deprisa.

—El de aquí es una porquería —le digo.

Me señala con un dedo.

—Eso es porque no conoce el secreto. Sígame.

Cruzamos la planta baja del centro médico hacia la parte posterior del edificio y recorremos un pasillo, al final del cual hay un rinconcito con un carrito de Starbucks. Es como ver un milagro, lo juro. Abro los ojos como platos. El doctor Shaw se da cuenta.

—Lo sé. Este es el secreto mejor guardado del hospital. Vamos.

Me acompaña hasta el carrito, donde una chica de unos veinticinco años con trenzas de raíz le sonríe.

—¿Lo de siempre? —le pregunta.

El médico se vuelve hacia mí.

—No se lo diga a nadie, pero yo bebo té. Por eso Irina sabe lo que pido.

—¿En el hospital gusta más el café? —le pregunto.

—Es más masculino —me responde y me indica que me adelante.

Pido un americano y, cuando nos sirven las tazas, el doctor Shaw se sienta a una mesita metálica. Me uno a él.

—No quiero retenerlo —le digo—. Le agradezco que me haya traído hasta el café.

—Me sienta bien —dice quitando la tapa de la taza para que salga el vapor—. ¿Sabe que los cirujanos tenemos fama de tener los peores modales con los pacientes?

—¿En serio? —le respondo, aunque lo sé.

—Sí. Somos unos monstruos. Así que los miércoles procuro tomarme un café con alguien que no se dedique a la cirugía. —Sonríe.

Me río porque sé que el momento lo exige.

—¿Cómo está Bella? —Le suena el busca; le echa un vistazo y lo deja en la mesa.

—No lo sé. La ha visto más recientemente que yo.

Parece desconcertado. Sigo hablando.

—Nos peleamos. No me deja subir con ella.

—Ah. Lamento oírlo. ¿Qué pasó?

Soy consciente del tiempo, del poco que tiene.

—Soy controladora —le digo yendo al grano.

El doctor Shaw se ríe. La suya es una risa agradable, extraña en este entorno hospitalario.

—Estoy acostumbrado a este tipo de situaciones —dice—. La recuperará.

—No sé yo.

—Lo hará. Está usted aquí. Si una cosa he aprendido, es que no puedes tratar de poner esta experiencia por encima de la simplicidad de la humanidad, eso no es así.

Me quedo mirándolo. No estoy segura de a qué se refiere, de qué me está diciendo.

—Usted sigue siendo usted y ella sigue siendo ella. Usted sigue teniendo emociones. Usted todavía peleará. Puede intentar ser perfecta, pero resultará contraproducente. Limítese a seguir aquí.

El busca le suena de nuevo. Esta vez vuelve a tapar la taza.

—Lamentablemente, el deber me llama. —Se levanta y me tiende la mano—. Quédese aquí. Sé que el camino no es fácil, pero no se aparte de él. Lo está haciendo bien. —Permanezco una hora más sentada al lado del carrito de Starbucks, hasta que Bella termina con el tratamiento y sale sin contratiempos del edificio. Cuando me voy a casa, llamo a David, pero no me responde.

A la semana siguiente, no estoy en el hospital, sino con Aldridge en un avión camino de Los Ángeles. Aldridge se reunirá con otro cliente mientras estemos allí, una importante farmacéutica que ha puesto su jet a nuestra disposición. Subimos a bordo con Kelly James, una socia con la que no he cruzado ni veinte palabras en los casi cinco años que llevo en Wachtell.

Hay diez asientos. Elijo uno de cola, junto a la ventanilla. Apoyo la cabeza en el cristal. He aceptado este viaje sin tener en cuenta lo que implica. Es, por supuesto, la respuesta a la pregunta inicial de Aldridge. Sí. Sí, me encargaré del caso. Sí, me comprometo con esto.

—Estás haciendo lo correcto —me dijo David anoche—. Esto puede ser importantísimo para tu carrera. Y te encanta esta empresa.

—Sí, pero no puedo evitar sentir que aquí me necesitan.

—Sobreviviremos —me aseguró—. Te prometo que sobreviviremos todos.

Y aquí estoy, volando por encima de una cordillera interminable hacia el océano.

Nos alojamos en el hotel Casa del Mar, en Santa Mónica, justo en la playa. Mi habitación está en la planta baja y tiene una terraza que da al paseo marítimo. El hotel tiene una elegancia anticuada, mezcla el estilo de los Hamptons con la opulencia europea. Me gusta.

Esta noche tenemos una cena de negocios con Jordi y Anya, pero cuando llego a la habitación son solo las once de la mañana. Hemos retrocedido medio día al cruzar el país.

Me pongo unos pantalones cortos, una camiseta y una pamela —mi piel de judía rusa no ha encontrado nunca un sol con el que se lleve bien— y decido dar un paseo por la playa. La temperatura es cálida y va en aumento; a la hora de almorzar superará los veintinueve grados, pero una brisa fresca sopla desde el mar. Por primera vez desde hace semanas, siento que no me limito a sobrevivir.

Vamos a cenar a Ivy at the Shore, un restaurante situado en la misma calle que el Casa del Mar, un poco más abajo. Aun así, Aldridge pide un taxi. Kelly está en la ciudad para reunirse con otro cliente, así que seremos solo

Aldridge y yo. Llevo un vestido azul marino con flores moradas y alpargatas también azul marino, el atuendo más informal que me he puesto en un ambiente de trabajo. Pero esto es California, nuestras clientas son mujeres jóvenes y estamos junto al mar. Me apetece llevar flores.

Llegamos al restaurante los primeros.

Hay sillas de mimbre con el respaldo y el asiento de flores repartidas por el restaurante. Los comensales, en tejanos y con chaqueta de esmoquin, brindan riendo.

Nos sentamos.

—Insisto en los calamares —me dice Aldridge—. Están deliciosos.

Lleva un traje gris claro con una camisa morada de cachemir. Quien nos vea, puede pensar que nos hemos puesto de acuerdo

—¿Tenemos que repasar algo? —le pregunto—. Me sé de memoria las estadísticas de la empresa, pero...

—Esta reunión es solo para que os conozcáis, para que se sientan cómodas. Ya sabes cómo funciona eso.

—Ninguna reunión es «solo» para «lo que sea» —le digo.

—Eso es verdad. Pero si intentas programar el trabajo, sueles obtener un resultado indeseado.

Jordi y Anya llegan juntas. Jordi es alta, lleva pantalones de tiro alto y un jersey de cuello vuelto, la melena suelta con las puntas húmedas. Parece un sueño bohemio y por primera vez me acuerdo de Bella. Anya viste tejanos, una camiseta y un *blazer*. Lleva el pelo corto peinado hacia atrás. Habla con los ojos.

—¿Llegamos tarde? —dice.

Está nerviosa. Estoy segura. Da igual. Nos las ganaremos.

—Para nada —le responde Aldridge—. Ya conoce a los neoyorquinos. No sabemos nada acerca del tráfico de aquí.

Jordi se sienta a mi lado. Su perfume es denso y embriagador.

—Señoras, tengo el gusto de presentarles a Danielle Kohan. Es nuestra mejor y más brillante socia sénior. Además, ha sido de gran ayuda para evaluar su salida a Bolsa.

—Pueden llamarme Dannie —les digo, estrechándoles las manos.

—Nos encanta Aldridge —me comenta Jordi—. Pero ¿tiene nombre de pila?

—No hay que usarlo nunca —le digo. Luego se lo revelo en un susurro inaudible—: Miles.

Aldridge sonríe.

—¿Qué vamos a beber esta noche? —nos pregunta.

Un camarero se materializa y Aldridge le pide una botella de champán y otra de vino tinto para la cena.

—¿Alguien quiere un cóctel? —dice luego.

Anya pide un té helado.

—¿Cuánto cree que va a durar esto? —me pregunta.

—¿La cena o sacar a Bolsa su empresa?

Aldridge sigue con los ojos fijos en el menú.

—Llevo tiempo siendo admiradora suya —prosigo—. Creo que lo que han hecho con su nicho de mercado es brillante.

—Gra... —trata de responder Jordi, pero Anya la corta.

—No hemos hecho nada con el nicho de mercado. Hemos creado uno nuevo. —Le lanza a Jordi una mirada como diciendo: «Cierra la boca».

—Sin embargo, tengo una curiosidad —digo, y dirijo la pregunta a ambas por igual—. ¿Por qué ahora precisamente?

Aldridge deja de mirar el menú e intercepta a un camarero.

—Nos gustaría tomar los calamares enseguida, por favor. —Me guiña el ojo.

Jordi mira a Anya, como si no estuviera segura de qué responder y siento que me ha contestado a una pregunta sin haber tenido que planteársela. Me la trago. No es el momento.

—Ya no queremos trabajar tanto en una única cosa como hemos estado haciendo —dice Jordi—. Nos gustaría que los ingresos nos permitieran centrarnos en nuevos retos.

Noto que no es la primera vez que lo dice. Las palabras son medidas y calculadas. A lo mejor es todo cierto, pero le falta autenticidad. Entonces voy un paso más allá.

—¿Por qué ceder el control de algo que se posee si no es necesario?

Jordi se entretiene con el vaso de agua. Anya achina los ojos. Noto a Aldridge rebulléndose a mi lado. No tengo la menor idea de por qué estoy haciendo esto. Sé exactamente por qué lo estoy haciendo.

—¿Intenta que renunciemos a esto? —le pregunta Anya a Aldridge—. Porque tenía la impresión de que esta cena era el inicio de algo.

Miro a Aldridge, que guarda silencio. Me doy cuenta de que no va a responder por mí.

—No —le digo—. Simplemente me gusta entender las motivaciones. Me ayuda a hacer mi trabajo.

A Anya le gusta mi respuesta, estoy segura. Deja caer los hombros de forma evidente.

—La verdad es que yo no estoy segura. Hemos hablado mucho de esto. Jordi sabe que sigo indecisa.

—Llevamos dedicadas a QuTe casi diez años —dice Jordi repitiendo un argumento que, sin duda, no es nuevo—. Ha llegado el momento de hacer algo más.

—No sé por qué tenemos que ceder el control para hacer eso —dice Anya.

El champán llega con gran ostentación de copas y burbujas.

Aldridge lo sirve.

—Por QuTe. —Alza su copa en un brindis—. Por un proceso de salida a Bolsa sin problemas y que dé mucho dinero.

Jordi se suma al brindis, pero Anya y yo nos miramos. La veo buscándome, haciéndome la pregunta que nunca se planteará en esta mesa: «¿Tú qué harías?».

30

Al cabo de dos horas, estoy en el bar de arriba del hotel. Tendría que dormir, pero soy incapaz. Cada vez que lo intento, pienso en Bella, en lo terrible que soy como amiga por estar tan lejos, y se me abren los ojos. Me estoy tomando el segundo martini cuando entra Aldridge. Entrecierro los ojos. Estoy demasiado borracha.

—Dannie, ¿puedo? —me dice. No espera a que le responda para sentarse a mi lado.

—Esta noche ha estado bien —le comento, tratando de mantenerme estable. Creo que se me traba la lengua.

—Estabas muy comprometida con esto. Seguro que te has sentido bien.

—Claro —le respondo flemática.

—Estupendo.

Aldridge mira el martini y luego me mira a mí.

—Danielle. ¿Estás bien?

De repente, me doy cuenta de que, si hablo, me echaré a llorar, y nunca he llorado delante de un jefe, ni una sola vez, ni siquiera en la oficina del fiscal del distrito, donde la moral estaba tan baja que teníamos una habitación para los ataques de histeria. Cojo el vaso de agua, bebo un sorbo y lo dejo.

—No —digo.

Le hace un gesto al camarero.

—Me tomaré un Ketel con hielo y dos rodajas de limón —le dice.

El camarero se vuelve para servírselo, pero Aldridge lo llama.

—No, tomaré un escocés. Solo.

Se quita la americana, la deja encima del taburete que tiene al lado y empieza a remangarse. Ninguno de los dos habla hasta que termina el ritual, tiene la copa delante y yo creo que ya no estoy a punto de llorar.

—¿Y bien? —me dice—. Habla o te pongo los grilletes.

Me río. El alcohol me ha desinhibido. Siento las emociones en la superficie, no embutidas y ordenadas donde las guardo normalmente.

—No sé si soy una buena persona —le digo. No sabía que lo pensara, pero en cuanto lo digo sé que es cierto.

—Interesante. Una buena persona.

—Mi mejor amiga está muy enferma.

—Sí —dice Aldridge—, ya lo sé.

—Y estamos peleadas.

Toma un sorbo de whisky.

—¿Qué ha pasado?

—Dice que soy controladora —le explico, y es la verdad.

Aldridge suelta una tremenda carcajada, igual que hizo el doctor Shaw.

—¿Por qué todo el mundo lo encuentra tan gracioso?

—Porque lo eres. Esta noche fuiste muy controladora, por ejemplo.

—¿Tan mal fue?

Aldridge se encoge de hombros.

—Eso ya lo veremos. ¿Cómo te has sentido?

—Ahí está el problema. Me he sentido genial. Me ha encantado. Mi mejor amiga está..., está enferma y yo aquí, en California, feliz por una cena con unas clientas. ¿En qué clase de persona me convierte eso?

Aldridge asiente en silencio, como si ahora me entendiera, como si hubiera pillado de qué va la cosa.

—Te sientes mal porque crees que tienes que abandonar tu vida para estar a su lado.

—No. Ella no me dejaría hacer eso. Es solo que no debería ser feliz haciéndolo.

—Ah, vale. La felicidad. La enemiga de todos los sufrimientos.

Toma otro sorbo de whisky. Bebemos en silencio durante un rato.

—¿Alguna vez te he contado lo que quería ser en un principio?

Me quedo mirándolo. No somos precisamente amigos del alma. ¿Cómo voy a saberlo?

—Supongo que es una pregunta capciosa y que vas a decirme que abogado.

Aldridge se ríe.

—No, no. Iba a ser loquero. Mi padre era psiquiatra y mi hermano lo es. Una elección rara para un adolescente, pero me parecía la más acertada.

Parpadeo.

—¿Loquero?

—Habría sido un psiquiatra malísimo. Lo de estar siempre escuchando... No se me da bien.

Noto el efecto del alcohol abriéndose paso por mi organismo. Todo se vuelve nebuloso y rosado y difuso.

—¿Qué pasó?

—Fui a Yale y el primer día asistí a una clase de filosofía. De lógica. Una exposición sobre metateoría. Era de mi especialidad, pero el profesor era abogado y pensé: «¿Por qué diagnosticar cuando puedes decidir?».

Se me queda mirando un buen rato. Finalmente, me pone una mano en el hombro.

—No te equivocas al amar lo que haces —me dice—. Tienes suerte. La vida no le concede a todo el mundo pasión por su profesión; tú y yo somos unos ganadores en ese aspecto.

—No me siento una ganadora.

—No —dice Aldridge—. A menudo es así. Esa cena... —Señala hacia fuera, más allá del vestíbulo y de las palmeras—. No hemos cerrado el trato. Te ha encantado porque, para ti, la victoria es el juego. Así es como uno sabe que está hecho para esto.

Aparta la mano de mi hombro y apura el vaso de un trago.

—Eres una gran abogada, Dannie. También eres una buena amiga y una buena persona. No dejes que tu manera de ver las cosas malogre el caso.

A la mañana siguiente, cojo un taxi para ir a la avenida Montana. Está nublado, la niebla matutina no se despejará hasta mediodía, pero para entonces ya estaremos en el avión. Paro en Peet's Coffee y doy un paseo por la pequeña calle comercial a pesar de que todo está cerrado. Algunas madres con prendas de licra pasean a sus bebés en cochecito mientras hablan. El equipo de ciclistas de la mañana pasa camino a Malibú.

Solía pensar que no sería capaz de vivir en Los Ángeles, que esto era para quienes no podían triunfar en Nueva York. Una salida fácil. Mudarse a Los Ángeles equivalía a admitir que te habías equivocado, que no era verdad todo lo que habías dicho sobre Nueva York: que era el único lugar en el mundo donde vivir, que los inviernos te daban igual, que llevar cuatro bolsas de la compra a casa bajo una lluvia torrencial o una nevada copiosa no era ningún inconveniente. Que tener coche era, de hecho, tu sueño. Que la vida no era, no es, difícil.

Pero aquí sobra espacio. Suficiente como para no tener que guardar las prendas que no son de temporada debajo de la cama. Tal vez, incluso haya espacio, margen suficiente, para cometer un error.

Me llevo el café al hotel. Cruzo el carril bici de cemento hasta la arena y me acerco a la orilla del mar. Lejos, a la izquierda, veo a unos cuantos surfistas moviéndose en zigzag entre las olas, esquivándose, como si sus movimientos formaran parte de una coreografía, de un gran ballet oceánico, moviéndose ininterrumpidamente hacia la orilla.

Saco una foto.

«Te quiero», tecleo. ¿Qué más puedo decir?

31

—Blanco roto o blanco puro, esa es la cuestión —dice la mujer.

Estoy de pie en medio de Mark Ingram, un salón de novias del centro, sola, con una copa de champán intacta sobre una mesita de cristal.

En principio iba a venir mi madre, pero su universidad ha convocado una reunión de personal de última hora para tratar un asunto confidencial, las donaciones para el próximo año, y ha tenido que quedarse en Filadelfia. Se supone que tengo que mandarle fotos.

Estamos a mediados de noviembre y Bella lleva dos semanas sin hablarme. El sábado termina la segunda tanda de quimioterapia y David me dice que no la moleste hasta que haya pasado. He seguido su consejo, muy a mi pesar. Es insoportable no estar con ella. No saber.

Hemos mandado las invitaciones de boda, estamos recibiendo las confirmaciones de asistencia. El menú está elegido. Las flores están encargadas. Lo único que falta es comprar el vestido, así que aquí estoy, enfundada en uno.

—Como le he dicho, con este margen de tiempo es imposible hacérselo a medida, así que tendrá que conformarse con los vestidos que ya hay en la tienda. —La vendedora me indica los tres vestidos que hay a nuestra derecha: uno blanco roto, dos color blanco puro.

Se cruza de brazos y mira el reloj. Por lo visto, cree que le estoy haciendo perder el tiempo. ¿Es que no ve que es una venta segura? Tengo que salir de la tienda con un vestido, hoy mismo.

—Este está bien —le digo. Es el primero que me he probado.

Nunca he sido de esas que sueñan con su boda. La que soñaba con eso era Bella. La recuerdo delante de mi espejo con una funda de almohada en la cabeza recitando los votos matrimoniales. Sabía exactamente cómo sería su vestido de novia: de organza, con cola de tul y velo de encaje. Soñaba con la decoración: calas blancas, peonías y velitas de té. Habría una arpista. Todo el mundo lanzaría exclamaciones de asombro y admiración cuando apareciera para recorrer el pasillo de la iglesia. Todos se pondrían de pie. Ella avanzaría flotando hacia un hombre carente de rostro y nombre. El único que le haría sentir como si todo el universo conspirara en favor de su amor y solamente de su amor.

Yo sabía que me casaría igual que sabes que envejecerás y que el sábado sigue al viernes. No pensaba mucho en eso. Luego conocí a David y todo encajó y supe que era lo que había estado buscando, que estábamos destinados a desarrollar esos capítulos juntos, en mutua compañía. Pero nunca había pensado en la boda. Nunca había pensado en el vestido de novia. Nunca había imaginado este momento en el que me encuentro, en la tienda, así vestida. Y si lo hubiera hecho, no habría imaginado esto.

El vestido que llevo es de seda y encaje, con una tira

de botones en la espalda. El cuerpo me queda mal porque no lo relleno. Sacudo los brazos y la vendedora se apresura a ajustar la parte posterior del vestido con una enorme pinza.

—Esto se puede arreglar —me dice. Me echa un vistazo en el espejo. Su rostro refleja compasión. ¿Qué mujer viene aquí sola y compra el primer vestido que se prueba?—. Tendremos que darnos prisa, pero podemos hacerlo.

—Gracias. —Tengo ganas de llorar, pero no quiero que mis lágrimas sean consideradas de alegría por la boda. No quiero escuchar sus grititos alborozados ni ver su mirada de complicidad: «Qué enamorada». Me vuelvo de lado rápidamente—. Me lo quedo.

Su rostro registra confusión y luego se ilumina. Acaba de hacer una venta. Tres mil dólares en trece minutos. Debe de ser un récord. A lo mejor estoy embarazada. Seguro que cree que lo estoy.

—Maravilloso —dice—. Me encanta cómo le queda este escote, es muy favorecedor. Vamos a tomarle las medidas.

Me llena de alfileres siguiendo la curva de mi cintura y ajustando la longitud del dobladillo, la forma de las sisas.

Cuando se va, me miro en el espejo. El cuello del vestido es alto. Se equivoca, claro, no me favorece en absoluto. No deja a la vista las clavículas ni el arco del cuello. Por un breve y maravilloso instante, pienso en llamar a David para decirle que tenemos que posponer la boda. Nos casaremos el año que viene en el Plaza, o en Massachusetts, en el Wheatleigh. Conseguiré un vestido de precio exorbitante hecho a medida, de Óscar de la Renta, con flores de brocado. Contrataremos a la mejor florista, al mejor grupo de música. Bailaremos al compás de *The Way You Look Tonight* bajo delicadas guirnaldas de luces centelleantes, blancas y doradas. Todo el techo estará cubierto de rosas. Planearemos una luna de miel en Tahití o en Bora Bora. Dejaremos los móviles en el bungalow y nadaremos más allá del borde del mundo. Beberemos champán bajo las estrellas y vestiré de blanco, solo de blanco, diez días seguidos. Tomaremos todas las decisiones correctas.

Pero entonces oigo el reloj de pared. El tictac del segundero acercándome cada vez más al 15 de diciembre.

Me quito el vestido. Lo pago.

Camino a casa, Aaron me llama.

—Ya tenemos los resultados de la última sesión de quimioterapia —me dice—. No son buenos.

Debería sorprenderme, ¿no? Debería sentirme como si me hubieran obligado a detenerme en seco. El mundo, a la luz de esta noticia, debería parar y dejar de girar. Los taxis deberían petardear hasta quedarse inmóviles, la música callejera debería dejar paso al silencio.

Pero no. Yo he estado esperando.

—Pregúntale si me quiere a su lado —le digo.

Hace una pausa. Ya no oigo su respiración, sino el ruido blanco de movimientos en alguna parte del apartamento, en otra habitación. Espero. Al cabo de dos minutos, una eternidad, se pone otra vez al teléfono.

—Ha dicho que sí.

Echo a correr.

32

Para mi alivio, y a mi pesar también, su aspecto es el mismo que hace tres semanas. Ni mejor ni peor. Sigue teniendo pelo y esa mirada hundida.

No llora. No sonríe. Está impasible y precisamente eso es lo que más me aterroriza. Verla llorar no es, en otro contexto, motivo de alarma. Ella siempre ha tenido sus emociones a flor de piel y ha sido receptiva y sensible a cualquier cambio en el ambiente. Y ahora no estoy acostumbrada a su estoicismo, a su inescrutabilidad. Siempre he podido interpretar con exactitud lo que necesitaba con solo mirarla. Ahora no soy capaz.

—Bella —le digo—, me han dicho...

Niega con la cabeza.

—Hablemos primero de nosotras.

Asiento en silencio y me acerco a su cama sin llegar a sentarme.

—Estoy asustada —me dice.

—Lo sé —le respondo con dulzura.

—No. —Ha endurecido el tono—. Tengo miedo de dejarte así.

No digo nada, porque de repente vuelvo a tener doce años. Estoy en la puerta de mi dormitorio mientras mi madre grita. Oigo a mi padre, a mi fuerte, valiente y bondadoso padre intentando entender, preguntando. «Pero ¿quién conducía?» «¿Superaba el límite de velocidad?» Como si eso importara, como si la lógica pudiera devolvérnoslo.

Siempre he estado esperando que la tragedia volviera a llamar a mi puerta. El mal que ciega. ¿No es eso el cáncer? ¿No es la manifestación de todo lo que he estado tratando de evitar toda mi vida? Pero Bella. Tendría que haber sido yo. Si esta es mi historia, entonces debería haber sido yo.

—No digas eso —le pido.

Pero yo sé lo que piensa Bella tanto como ella sabe lo que pienso yo, claro. Es igualmente capaz de detectar mi estado de ánimo y lo que se me pasa por la cabeza mirándome a la cara. Funciona en ambos sentidos.

— No te irás a ninguna parte —le aseguro—. Vamos a luchar contra esto como siempre hemos hecho.

Y ahora mismo es cierto. Lo es porque tiene que serlo. Es verdad porque no hay otra opción. Aunque la quimioterapia no lo haya mantenido a raya. Aunque se le haya extendido por el abdomen. Aunque... Aunque... Aunque.

—Mira —me dice. Me enseña la mano. Lleva un anillo de compromiso en el anular.

—¿Te vas a casar?

—Cuando esté mejor.

Me meto en la cama a su lado.

—¿Te has prometido y no me has llamado?

—Fue anoche, aquí, en casa —me dice—. Cuando me trajo la cena.

—¿Qué te trajo para cenar?

Frunce el ceño.

—Pasta, de Wild.

Hago una mueca de asco.

—Todavía no puedo creer que te guste.

—Es sin gluten —dice—. No es veneno. Sus espaguetis están buenos.

—Aun así...

—Sea como sea, me trajo la pasta y encima del queso parmesano estaba el anillo.

—¿Qué te dijo?

Me mira y ahí está Bella, mi Bella, con el rostro iluminado y los ojos brillantes.

—Dirás que es cursi.

—No lo haré —susurro—. Te lo prometo.

—Me dijo que me había estado buscando siempre y que, aunque la situación no es ni mucho menos ideal, sabe que soy su alma gemela y que estaba predestinado a vivir conmigo. —Se sonroja.

Predestinado.

Trago saliva.

—Tiene razón —le digo—. Siempre quisiste un hombre que entendiera que tenías que ser tú. Siempre has querido encontrar a tu alma gemela. Y la has encontrado.

Bella me mira y pone la mano entre las dos, encima del edredón.

—Voy a preguntarte una cosa —me dice—. Si estoy equivocada, no tienes que responder.

Noto que se me acelera el corazón. ¿Y si...? Bella no ha podido...

—Sé que opinas que somos muy distintas las dos, y los somos, lo sé. Yo nunca seré de las que consultan la aplicación de móvil del tiempo antes de salir de casa o saben los días que duran los huevos en la nevera. No he organizado mi vida estratégicamente como has hecho tú, pero te equivocas si crees... —Se humedece los labios—. Sé que tú también puedes tener un amor así. Y me parece que no lo tienes.

Dejo lo que ha dicho suspendido entre nosotras un momento.

—¿Por qué lo dices? —le pregunto al fin.

—¿No crees que hay una razón por la que no te has casado? ¿No crees que hay una razón por la que llevas comprometida casi cinco años? Un compromiso de cinco años nunca había formado parte de tu plan.

—Ahora nos vamos a casar —le digo.

—Porque... —Baja la voz y se encoge a mi lado—. Porque crees que se te acaba el tiempo.

El 15 de diciembre.

—Eso no es cierto. Amo a David.

—Sé que lo quieres, pero no estás enamorada de él. Puede que lo estuvieras al principio, pero si lo estabas, nunca lo he notado, y ya no me puedo permitir el lujo de fingir. Y me he dado cuenta de que tú tampoco. Si el tiempo corre hacia algo, debería ser hacia tu felicidad.

—Bella... —Algo me sube en el pecho y me sale atropelladamente—. No estoy segura de ser capaz —le digo—. No de tener un amor como al que tú te refieres.

—Pero lo eres. Quiero que lo sepas. Quiero que entiendas que podrías tener un amor que supere tus sueños más desenfrenados. El de las películas románticas. Tú también estás hecha para un amor así.

—No lo creo.

—Lo estás. ¿Sabes por qué lo sé?

Niego con la cabeza.

—Porque es el que sientes por mí.

—Bella, escúchame. Te pondrás bien. La gente lo hace constantemente. Desafía las probabilidades todos los malditos días.

Me tiende los brazos y la abrazo con cuidado.

—¿Quién lo hubiera pensado? —me dice.

—Lo sé.

Noto que cabecea, negando.

—No —dice—. Que terminarías siendo creyente.

Lo que sé por encima de todo, mientras abrazo a Bella, consumida, es que es extraordinaria. Por una vez en la vida, de nada sirven los números.

33

La quimioterapia intraperitoneal y las gardenias nos acercan a finales de noviembre. Esta es una forma más invasiva de quimioterapia: tiene un puerto cosido a la cavidad abdominal a través del cual le administran los medicamentos. Es más directa que la de las sesiones anteriores y requiere que Bella permanezca acostada boca arriba durante el procedimiento. Tiene náuseas constantemente y vomita de forma convulsiva. Sin saber cómo, las gardenias se han convertido en las flores de nuestra boda, a pesar de que duran más o menos cinco minutos y medio.

Estoy en el trabajo, ocupándome por teléfono de las flores, cuando Aldridge entra en mi despacho. Corto la llamada con la floristería sin dar explicaciones.

—Acabo de tener una interesante conversación telefónica con Anya y Jordi —me dice. Se sienta en una de mis sillas redondas grises.

—¿Ah sí?

—Supongo que sabes lo que voy a decirte.

—No.

—Piensa.

Recoloco un cuaderno y un pisapapeles del escritorio.

—No harán una oferta pública.

—Bingo. Han cambiado de opinión.

Junta sus manos y las apoya en mi mesa.

—Necesito saber si has vuelto a ponerte en contacto con ellas.

—No. —Solo estuve con ellas en esa cena en la que me di cuenta de que Anya no estaba de acuerdo—. Pero, para serte sincera, tampoco estoy convencida de que la salida a Bolsa fuera ahora mismo lo más acertado.

—¿Para quién? —dice Aldridge.

—Para todos. Me parece que bajo su dirección la empresa será cada vez más rentable. Creo que nos contratarán porque confían en nosotros y que, cuando por fin salgan a Bolsa, todos vamos a ganar mucho más dinero.

Aldridge aparta las manos de la mesa con expresión inescrutable. Yo permanezco impasible.

—Estoy sorprendido.

Noto ese nudo en el estómago que tan bien conozco. He hablado de más.

—Y además impresionado —prosigue—. No creía que fueras una abogada visceral.

—¿Qué quieres decir?

Aldridge se retrepa en la silla.

—Te contraté porque sabía que no me equivocaría contigo. Trabajas con meticulosidad. Lees de cabo a rabo todos y cada uno de los párrafos de un texto y te sabes las leyes al dedillo.

—Gracias.

—Sin embargo, como sabemos, ni siquiera con eso basta. Toda la preparación del mundo no puede evitar que ocurra lo inesperado. Los grandes abogados conocen al milímetro sus casos, pero a menudo toman decisiones basadas en otra cosa: en la existencia de una fuerza desconocida que revela exactamente los flujos de la marea si le prestas atención. Eso es lo que hiciste con Jordi y Anya, y tenías razón.

—¿La tenía?

Aldridge asiente.

—Nos contratan para reemplazar a sus propios consejeros legales y les gustaría que dirigieras el equipo.

Abro los ojos como platos. Sé lo que significa eso. Este es el cliente y el caso que necesito para ser nombrada socia júnior.

—Paso a paso —dice Aldridge leyéndome el pensamiento—. Pero felicidades.

Se levanta y yo también. Un apretón de manos.

—Y sí —añade—. Si esto sale bien, sí.

Consulto la hora. Son las dos y media de la tarde. Tengo ganas de llamar a Bella, pero ha tenido sesión de quimio esta mañana y estará durmiendo.

Lo intento con David.

—Hola —me responde—. ¿Qué pasa?

Me doy cuenta de que hasta hoy nunca lo había llamado durante el día. Si tengo algo que decirle, le mando un correo electrónico o espero a la noche.

—Todo va bien.

—Ah...

Le corto.

—Aldridge acaba de darme un caso para ascender a socia júnior.

—¡No me digas! Es fantástico.

—El de las fundadoras de QuTe. No quieren vender acciones enseguida, pero quieren que dirija su equipo legal.

—Estoy muy orgulloso de ti —me dice David—. ¿Va a requerir que estés en California?

—Seguramente un tiempo, pero todavía no hemos hablado de eso. Es que estoy emocionada porque es lo adecuado, ¿sabes? Lo intuía. Sabía que era lo adecuado.

Oigo una conversación de fondo. David no me responde enseguida.

—Sí —dice—. Bien. —Y luego—: Espera.

—¿Yo?

—No. No. Oye, tengo que irme. Esta noche lo celebraremos. Donde tú quieras. Mándale un correo electrónico a Lydia y ella hará la reserva. —Me cuelga.

Me siento sola, con una sensación de soledad que me invade como la fiebre hasta que me llena por completo. No debería sentirme así. David me apoya. Me anima y es comprensivo conmigo. Quiere que tenga éxito. Se preocupa por mi carrera profesional. Se sacrificará para que tenga lo que deseo, sé que es el pacto que hicimos: ninguno de los dos se interpondrá en el camino del otro.

Sin embargo, sentada a mi escritorio, pienso otra cosa: que hemos seguido caminos paralelos, él y yo. Por temor a desviarnos de nuestro curso, hemos ido avanzando por dos caminos paralelos sin que se hayan juntado nunca. Como si el no desviarnos no nos obligara a comprometernos nunca. Lo malo de los caminos paralelos es que pueden estar a centímetros de distancia o a kilómetros, y tengo la sensación de que últimamente la distancia entre David y yo es enorme. Solo que no nos hemos dado cuenta porque seguimos con la vista puesta en el mismo horizonte.

Pero he caído en la cuenta de que yo quiero a alguien

en mi camino. De que quiero chocarme con ese alguien. Llamo a Lydia. Le pido que haga una reserva en Dante, un restaurante italiano del West Village que nos encanta a los dos. A las siete y media de la tarde.

34

Llego al restaurante. Hace esquina, es diminuto, está iluminado por velitas y los manteles son de cuadros, pasados de moda. David ya está allí, dedicado al móvil. Lleva un jersey azul y tejanos. Su actual empresa es menos formal en el vestir que el banco en el que trabajaba antes, así que puede ir casi siempre en tejanos.

—Hola —lo saludo.

Me mira y sonríe.

—Hola. El tráfico está fatal, ¿verdad? No sé por qué han cerrado la Séptima Avenida. Hace mucho que no veníamos a este sitio. Desde que empezamos a salir —me dice. Nos presentó un viejo colega mío, Adam. Trabajábamos juntos como asistentes jurídicos en la oficina del fiscal. Jornadas interminables y un sueldo de porquería. Ni él ni yo encajábamos demasiado bien en ese ambiente laboral.

Recuerdo que durante seis meses más o menos estuve colada por Adam. Era de New Jersey, le gustaban las comedias de los años setenta y sabía conseguir que la caprichosa cafetera hiciera un capuchino. Pasábamos mucho tiempo juntos en el trabajo, sentados al escritorio y comiendo *ramen* de cinco dólares del puesto ambulante de la calle. Organizó una fiesta para su cumpleaños en un bar en el que yo nunca había estado: el Ten Bells del Lower East Side. Estaba en penumbra, a la luz de las velas, y había mesas de madera y taburetes. Comimos queso y bebimos vino y dividimos la cuenta que no podíamos pagar con las tarjetas de crédito que esperábamos tener algún día.

David estaba allí, guapo y un poco callado, y me dijo si podía invitarme a una copa. Trabajaba en un banco y había sido compañero de colegio de Adam. Incluso habían sido compañeros de cuarto durante su primer año en Nueva York.

Hablamos sobre los precios demenciales de los alquileres, sobre lo imposible que era encontrar buena comida mexicana en Nueva York y sobre lo mucho que nos gustaba a los dos *Die Hard*.

Pero yo seguía pendiente de Adam. Esperaba que la de su cumpleaños fuera «la noche». Me había puesto unos tejanos ajustados y un top negro. Creía que coquetearíamos —tacho eso, pensaba que habríamos estado coqueteando— y que a lo mejor nos iríamos juntos a casa.

Antes de que cerrara el local, Adam se nos acercó y le pasó un brazo por los hombros a David.

—Deberíais intercambiar los números de teléfono —nos dijo—. Hacéis buena pareja.

Recuerdo que se me cayó el alma a los pies. Tuve esa sensación punzante que te asalta cuando abres el telón y lo que está ante ti en el escenario no es más que una gran extensión de nada. Yo no le interesaba a Adam. Acababa de dejarlo claro, clarísimo.

David soltó una risita nerviosa y hundió las manos en los bolsillos.

—¿Qué te parece? —me preguntó luego.

Le di mi número. Al día siguiente me llamó y a la semana siguiente salimos. Nuestra relación se cimentó despacio, pasito a pasito. Salimos a tomar una copa, luego a cenar, después a comer, a ver un espectáculo de Broadway para el que le habían regalado entradas. Esa noche, tras la cuarta cita, nos acostamos. Estuvimos saliendo dos años antes de irnos a vivir juntos. Cuando lo hicimos, conservamos todos los muebles de mi dormitorio y la mitad de los de su sala de estar y abrimos una cuenta conjunta para pagar las facturas domésticas. Era él quien iba al supermercado Trader Joe's porque yo pensaba, y sigo haciéndolo, que las colas son demasiado largas y yo compraba los artículos de papelería en Amazon. Asistíamos a bodas, organizábamos cenas con servicio de *catering* e íbamos subiendo peldaños en nuestras respectivas carreras profesionales a un brazo de distancia el uno del otro. Porque estábamos a un brazo de distancia, ¿no? Pero si puedes coger la mano de la otra persona, ¿qué importa la distancia? ¿No se trata simplemente de ver lo valiosa que es esa persona?

—Se ha roto una tubería en la esquina de la calle Doce —le digo. Me quito el abrigo y me siento, dejando que el calor del restaurante empiece a descongelarme los huesos. Ha llegado noviembre y el clima ha cambiado junto con nosotros.

—He pedido una botella de brunello —me dice—. La última vez que estuvimos aquí nos gustó.

David tiene una hoja de cálculo con las comidas realmente buenas de las que hemos disfrutado, tanto de lo que bebimos como de lo que comimos, para futuras referencias. La lleva en el móvil por si se da el caso.

—David... —empiezo. Suspiro—: La florista ha encargado tres mil gardenias.

—¿Para qué?

—Para la boda —le digo.

—Eso ya lo sé. Pero por qué.

—Ni idea. Habrá sido una confusión. Estarán marrones cuando nos hagamos las fotos. Duran como mucho dos horas.

—Bueno, si el error ha sido suyo, la floristería debería asumir el coste. ¿Has hablado con ellos?

Cojo la servilleta y me la pongo sobre los muslos.

—Estaba hablando por teléfono con ellos desde el bufete, pero he tenido que colgar para ocuparme del trabajo.

David toma un sorbo de agua.

—Ya me ocupo yo —dice.

—Gracias. —Me aclaro la garganta—. David —le digo—, antes de que te lo diga, no te enfades conmigo.

—Eso no puedo garantizártelo, pero vale.

—Hablo en serio.

—Dilo y ya está —me sugiere.

Suspiro.

—A lo mejor tendríamos que posponer la boda.

Me mira confundido, pero veo algo más en su mirada. Lo veo en el fondo de sus ojos, detrás de las pupilas y del chispeante nervio óptico: es alivio. Confirmación. Porque lo sabe, ¿verdad? Sospecha que lo decepcionaré.

—¿Por qué dices eso? —me pregunta, midiendo las palabras.

—Bella está enferma. No creo que salga de esta. No quiero casarme sin ella.

David asiente.

—Entonces ¿qué me estás diciendo? ¿Que quieres más tiempo? —Niega con la cabeza.

—Que pospongamos la boda hasta el verano. Que consigamos el lugar que queremos para celebrarla incluso.

—¿No tenemos ya el que queremos? —Se retrepa en la silla. Está molesto. No es una emoción que demuestre a menudo—. Dannie, tengo que preguntarte una cosa.

Me quedo inmóvil. Oigo el viento aullando fuera, anunciando la inminente congelación.

—¿De verdad quieres casarte?

El alivio borbotea y luego inunda mis venas como el flujo de un grifo tras un corte de agua.

—Sí —digo—. Claro que sí.

Nos traen el vino. Nos entretenemos primero mirando y luego participando en el proceso: descorchar, probar, servir y brindar. David me felicita por lo de QuTe.

—¿Estás segura? —me pregunta después retomando el hilo de la conversación—. Porque a veces no... —Niega con la cabeza—. A veces yo no lo tengo tan claro.

—Olvida lo que he dicho —le digo—. Ha sido una estupidez. No debería haberlo mencionado siquiera. Ya está todo organizado.

—¿Sí?

—Sí.

Pedimos la cena, pero apenas probamos la comida. Ambos sabemos lo que hay en realidad entre nosotros. Tendría que estar asustada, tendría que estar aterrorizada, pero lo que sigo pensando, lo que me ha llevado a responder afirmativamente, es que no me ha hecho la otra pregunta, la que para mí es inconcebible.

«¿Qué pasará si Bella no lo logra?»

35

La quimioterapia es brutal. Peor, mucho peor que la última vez. Ahora a Bella le cuesta levantarse y no sale de casa más que para someterse al tratamiento. Está sentada en la cama, comunicándose con la galería por correo electrónico y echando un vistazo a las exposiciones online. Voy a verla algunas veces por la mañana. Svedka me deja pasar y me siento en el borde de su cama, aunque esté dormida.

Ha empezado a perder el pelo. Mi vestido de novia llega. Me va bien de talla. Incluso me queda bien. La vendedora tenía razón, el escote no está tan mal como me había parecido.

David lleva una semana sin mencionar la boda. Hace una semana que no respondo a los correos electrónicos del organizador, que evito las llamadas, que aplazo cumplimentar los cheques. Y un día llego a casa del trabajo y me lo encuentro sentado a la mesa del comedor, con un plato de pasta y dos ensaladas.

—Hola —me saluda—. Ven a sentarte.

«Hola. Ven a sentarte.»

Aldridge dice que tengo instinto, pero siempre me ha parecido que eso de la intuición es una estupidez. Interiorizas los hechos, simplemente. Evalúas toda la información de la que dispones, las palabras, el lenguaje corporal, el entorno, la proximidad de tu cuerpo a un vehículo en movimiento, y extraes una conclusión. No es el instinto lo que me lleva a sentarme a la mesa sabiendo lo que viene. Es la certeza.

Me siento.

La pasta tiene aspecto de estar fría. Lleva en el plato mucho tiempo.

—Lo siento, llego tarde.

—No llegas tarde —dice. Tiene razón. No habíamos previsto nada para esta noche y no son más que las ocho y media, la hora a la que por lo general llego a casa.

—Esto tiene buena pinta —comento.

David exhala. Al menos no me hará esperar.

—Mira —me dice—. Tenemos que hablar.

Lo miro. Parece cansado, retraído, tan frío como la comida que tenemos delante.

—Vale —le digo.

—Yo... —Cabecea—. Casi no me creo que sea yo quien tenga que hacer esto. —En su tono hay un leve deje de amargura.

—Lo siento —me disculpo.

Me ignora.

—¿Sabes cómo me siento?

—No —admito—. No lo sé.

—Te quiero —dice.

—Yo también te quiero.

Vuelve a negar con la cabeza.

—Te quiero, pero estoy harto de ser el hombre que encaja en tu vida, pero que no encaja en tu... ¡Maldita sea! En tu corazón.

Sus palabras me calan hondo. Me golpean en lo más íntimo.

—David, sí que encajas en mi corazón. —Se me ha hecho un nudo en el estómago.

Niega en silencio.

—Es posible que me quieras, pero creo que ambos sabemos que no quieres casarte conmigo.

Oigo el eco de las palabras de Bella en lo que dice David. «No estás enamorada de él.»

—¿Cómo es posible que digas eso? Estamos prometidos, estamos organizando la boda. Llevamos juntos siete años y medio.

—Y cinco prometidos. Si quisieras casarte conmigo, ya lo habrías hecho.

—Pero Bella...

—¡No se trata de Bella! —Ha levantado la voz, otra cosa que nunca hace—. No se trata de ella. En tal caso... Dios mío, Dannie, me siento fatal por todo esto. Sé lo que significa ella para ti. Yo también la quiero mucho. Pero lo que digo es que... ella no es el motivo. Esto no está pasando porque ella se haya puesto enferma. Ya encontrabas cualquier excusa mucho antes de esto.

—Estábamos muy ocupados —le digo—. Trabajábamos. Era lo único que hacíamos. Los dos.

—¡Te he hecho una pregunta! —dice David—. Sabías en qué punto estaba yo. Intentaba tener paciencia. ¿Cuánto tengo que esperar supuestamente?

—Hasta este verano —le digo. Me aliso la servilleta en el regazo. Me concentro en el plan—. ¿Tanto suponen para ti seis meses? ¿Qué problema hay?

—Que no serán solo seis meses. En verano será cualquier otra cosa, cualquier otro motivo.

—¡No!

—¡Sí! Porque lo que ocurre es que no quieres casarte conmigo.

Me tiemblan los hombros. Me doy cuenta de que estoy llorando. Las lágrimas me ruedan frías por las mejillas, heladas.

—Sí que quiero.

—No, no quieres —dice, pero me mira y sé que no está seguro de lo que afirma, no del todo.

Me está pidiendo que le demuestre que se equivoca. Debería hacerlo. Sé que si quisiera, podría convencerlo.

Podría seguir llorando. Podría abrazarlo. Podría decirle todo lo que sé que necesita oír. Podría exponerle las pruebas. Decirle que sueño con casarme con él, que cada vez que entra en una habitación se me encoge el estómago. Podría decirle las cosas que me encantan de él: su pelo rizado, la calidez de su torso y que me siento como en casa cuando me abraza.

Pero no puedo. Sería mentira Y él merece algo más, lo merece todo. Esto es lo único que puedo ofrecerle: la verdad por fin.

—David —le digo—. No sé por qué. Eres perfecto para mí. Adoro la vida que llevamos juntos, pero...

Se retrepa en la silla y arroja la servilleta sobre la mesa. Tira la toalla definitivamente.

Seguimos sentados en silencio durante lo que parecen minutos. El reloj de pared sigue con su tictac. Me dan ganas de tirarlo por la ventana. «Para. Deja de moverte. Deja de hacernos avanzar.» Todo lo terrible está por venir.

El momento se alarga tanto que amenaza con romperse.

—¿Ahora qué? —digo por fin.

David empuja hacia atrás la silla.

—Ahora te vas —me responde. Se va al dormitorio y cierra la puerta. Meto la comida mecánicamente en fiambreras. Lavo los platos. Los guardo.

Luego me siento en el sofá. Sé que por la mañana no puedo estar aquí. Cojo el móvil.

—¿Dannie? —me responde soñolienta, pero con la voz firme—. ¿Qué pasa?

—¿Puedo ir a tu casa?

—Claro que sí.

Recorro las veinte manzanas hacia el sur. Cuando llego, no está acostada, sino sentada en el sofá. Lleva un pañuelo de colores en la cabeza y está viendo en la televisión la reposición de *Seinfeld*. Vitaminas para el alma.

Dejo el bolso en el suelo, me acerco a ella y me echo a llorar. Sollozos entrecortados.

—Shhh —me consuela—. Está bien. Sea lo que sea, irá bien.

Se equivoca, claro. Nada va bien. Pero es una sensación muy agradable que sea ella la que ahora me consuela. Me acaricia el pelo, describe círculos con la mano en mi espalda. Me susurra y me anima como solo ella sabe hacer.

He sido yo quien la ha consolado muchas veces después de incontables rupturas sentimentales y discusiones con sus padres, pero aquí, ahora, siento que me devuelve todo ese apoyo. Creía que yo la protegía. Que ella era voluble, una irresponsable y una frívola. Que era mi obligación protegerla. Que yo era la fuerte, la que contrarrestaba su debilidad y sus extravagancias. Pero estaba equivocada. La fuerte no era yo, era ella.

Porque esto es lo que se siente al arriesgarse, al salirse de la línea, al tomar decisiones basadas no en los hechos, sino en los sentimientos. Duele. Es un tornado furioso en el alma. Tienes la sensación de que no vas a sobrevivir.

—Sobrevivirás —me dice—. Ya lo has hecho.

Y cuando lo dice, me doy cuenta de que he hablado en voz alta. Nos quedamos así, yo hecha una pelota en su regazo, ella acurrucada sobre mí, durante lo que parecen horas. Permanecemos así el tiempo suficiente para conseguir atraparlo, envasarlo y guardarlo. Guardar el suficiente para que dure, el suficiente para toda la vida.

«Al amor no le hace falta tener futuro.»

En este preciso instante, liberamos el porvenir.

36

Me mudo al piso de Bella la primera semana de diciembre. Me instalo en la habitación de invitados, que sigue teniendo nubes en las paredes. Aaron me ayuda con las cajas. No he visto a David. Le he dejado una nota en la mesa cuando me he ido. Puede comprarme mis cosas o podemos venderlas, lo que él quiera.

«Lo siento muchísimo», le escribo.

No espero tener noticias suyas, pero me manda un correo electrónico al cabo de tres días para tratar aspectos logísticos. El mensaje termina diciendo: «Por favor, mantenme informado acerca de Bella. David».

Tanto tiempo, tantos años, tantos planes convertidos en nada. Ahora somos dos desconocidos. No lo entiendo.

El hospital. El trabajo. La casa.

Bella y yo estamos acurrucadas en su cama. Nos tragamos las comedias románticas de principios de los 2000 como palomitas de maíz mientras ella vomita, a veces demasiado débil para girar la cabeza. Ha perdido el apetito. Le lleno tazones y tazones de helado hasta el borde. Siempre acaba derretido. Echo por el desagüe los restos lechosos.

—Aftas, heridas abiertas, el sabor de la bilis —me susurra, temblando bajo las mantas.

—No —le digo.

—Los medicamentos que bombean mis venas, venas que queman como el fuego, dedos que me suben por la columna vertebral, me agarran los huesos y me los rompen.

—Todavía no —le digo.

—El sabor del vómito, la sensación de tener la piel en llamas, de que cada vez me cuesta más respirar.

—Para —le pido.

—Sabía que lo de la respiración te superaría.

Me inclino hacia ella.

—Seguiré a tu lado —le aseguro.

Me mira. En sus ojos hundidos hay miedo.

—No sé cuánto más voy a soportarlo —me dice.

—Puedes hacerlo. Tienes que hacerlo.

—Lo estoy desperdiciando. Estoy desperdiciando el tiempo que me queda.

Pienso en Bella, en su vida. Abandonó la universidad. Se marchó a Europa por capricho. Se enamoró, se volvió a enamorar. Inició proyectos y los abandonó.

A lo mejor lo sabía. A lo mejor sabía que no había tiempo que perder, que no podía seguir todos los movimientos, todos los pasos. Que solo llegaría hasta la mitad del camino.

—No lo estás desperdiciando —le digo—. Estás aquí. Estás justo aquí.

Por las noches, Aaron duerme con ella. Svedka y yo nos movemos por el piso coreografiando nuestra danza de apoyo.

A la semana siguiente, vuelvo a casa del trabajo y me encuentro con que las cajas de mi habitación no están. Ni la ropa, ni el albornoz, nada.

Bella duerme como suele hacer la mayor parte del día. Svedka entra y sale de su dormitorio con las manos vacías.

Llamo a Aaron.

—Hola —me saluda—. ¿Dónde estás?

—En casa. Pero mis cosas no están. ¿Has llevado las cajas a un trastero?

Aaron no responde. Lo oigo respirar al otro lado del teléfono.

—¿Podemos vernos? —me pregunta por fin.

—¿Dónde?

—En la calle Treinta y siete con Bridge.

—En el *loft* —digo. Noto un tirón muy profundo detrás del esternón, allí donde debería estar mi instinto si creyera en su existencia.

—Sí.

—No —le digo—. No puedo. Ha pasado algo con mis cosas y tengo que...

—Dannie, por favor —insiste Aaron. De repente, me parece que está muy lejos. En un país extranjero, en el otro extremo de una década—. Es una orden de Bella.

¿Cómo puedo negarme?

Cuando llego, Aaron está abajo, delante del piso, fumándose un cigarrillo.

—No sabía que fumaras —le digo.

Mira el cigarrillo que sostiene entre los dedos como si lo viera por primera vez.

—Yo tampoco.

La última vez que estuvimos aquí era verano y todo florecía. El río embravecido era verde. Ahora... la metáfora es insoportable.

—Gracias por venir —me dice. Lleva americana, desabrochada a pesar del frío que hace. A mí el gorro y la bufanda casi no me dejan ver nada.

—¿Qué necesitas? —le pregunto.

Tira la colilla y la aplasta con el zapato.

—Te lo enseñaré.

Cruzo detrás de él la puerta del edificio y subimos en el montacargas desvencijado e inseguro.

En la puerta del piso saca las llaves. Me dan ganas de cogerle la mano y apartársela. De impedirle que haga lo que va a hacer. Pero estoy petrificada. Tengo la sensación de no poder mover los brazos. Cuando la puerta se abre, lo veo, expuesto ante mí como el interior de mi corazón. Está reformado, exactamente como lo soñé. La cocina. Los taburetes. La cama junto a las ventanas. Las sillas de terciopelo azul.

—Bienvenida a casa —me susurra.

Lo miro. Sonríe. Está lo más contento que he visto a nadie desde hace meses.

—¿Cómo? —pregunto.

—Es tu nuevo hogar —me dice—. Bella y yo hemos trabajado meses en esta reforma. Ella quería reformarlo para ti.

—¿Para mí?

—Bella vio este piso hace siglos, cuando me encargaron la reforma del edificio. El diseño y la luz, la vista y el armazón del antiguo almacén. Me dijo que sabía que pertenecías a este lugar. —Sonríe—. Y ya conoces a Bella: si quiere algo... Creo que este proyecto la ha ayudado, además. Ha sido algo creativo a lo que dedicarse.

—¿Ha hecho todo esto? —le pregunto.

—Lo ha escogido todo. Hasta los tornillos. Incluso cuando estabais peleadas.

Deambulo por el apartamento como en trance. Todo es exacto a como lo recordaba. No falta nada. Todo ha sucedido.

Me vuelvo hacia Aaron, que sigue de pie con los brazos cruzados en medio del *loft*. De repente es como si el mundo entero girara a nuestro alrededor, como si nosotros fuéramos el eje y todo, todo, girara hacia fuera partiendo de aquí, inspirándose en nosotros y solo en nosotros.

Me acerco a él. Demasiado. No se mueve.

—¿Por qué? —le pregunto.

—Porque te quiere.

Niego con la cabeza.

—No —le digo—. ¿Por qué tú?

Solía pensar que el presente determinaba el futuro, que si trabajaba intensamente el tiempo suficiente, obtendría lo que quería. El trabajo, el piso, la vida. Que el futuro no era más que un puñado de arcilla esperando a que el presente le dijera qué forma adoptar. Pero no es cierto. No puede serlo. Porque lo he hecho todo bien: me comprometí a casarme con David, me mantuve alejada de Aaron, hice que Bella se olvidara de este *loft*. Y, sin embargo, mi mejor amiga está en una cama, al otro lado del río, demacrada y luchando por su vida, y yo estoy aquí, en el lugar de mis sueños.

Parpadea confundido. Y luego lo entiende. Es como si leyera la pregunta, y lo veo abrirse ante lo que en realidad le he preguntado.

Lenta y suavemente, como si tuviera miedo de quemarme, me sujeta la cara. Tiene las manos frías y le huelen a tabaco. Son el alivio más profundo y auténtico. Agua después de setenta y tres días en el desierto.

—Dannie —dice. Solo mi nombre. Solo una palabra.

Apoya los labios en los míos y nos besamos, y lo olvido todo, todo. Me da vergüenza admitir que hay un espacio en blanco en el beso. Bella, el piso, los últimos cinco meses y medio, el anillo que lleva en el dedo. Nada de eso importa.

Esto es lo único en lo que puedo pensar, lo único que puedo sentir. La materialización de todo lo que, increíblemente, ha resultado ser cierto.

37

Aaron es el primero en apartarse. Baja las manos. Nos miramos a los ojos, jadeando. Mi abrigo está en el suelo, informe como un cadáver después de un accidente de tráfico. Aparto los ojos de él y lo recojo.

—Yo... —dice.

Cierro los ojos. No quiero que me diga que lo siente. No lo hace. No insiste. Camino hacia la pared. Sé lo que encontraré, pero quiero verlo. La última y definitiva prueba. Han colgado allí el regalo de cumpleaños de Bella: «ERA JOVEN, NECESITABA EL DINERO».

—No sé qué decir —dice Aaron a mi espalda.

No me vuelvo hacia él.

—No importa —le respondo—. Yo tampoco.

—Todo esto... Es una equivocación. Nada de esto tendría que haber pasado.

Tiene toda la razón, por supuesto. No debería haber pasado. ¿Qué podríamos haber hecho diferente? ¿Cómo podríamos haber evitado este final imposible e impensable?

Me giro para mirarlo. Tiene el rostro iluminado. Lo que hay entre nosotros se ha puesto de manifiesto.

—Deberías irte —le digo—. O debería irme yo.

—Yo debería irme —decide.

—Vale.

—Tus cosas están en su sitio. Bella contrató a una persona para que ordenara el vestidor. Lo tienes todo ahí.

—En el vestidor.

En ese momento suena su móvil, haciendo vibrar las moléculas de aire, arrancándonos del momento. Responde a la llamada.

—Hola —dice con dulzura. Con demasiada dulzura—. Sí, sí. Estamos aquí. Espera.

Me da el móvil.

—Hola —saludo.

La voz de Bella es suave y alegre.

—Bueno —me dice—. ¿Te gusta?

Tengo ganas de decirle que está loca, que no puedo aceptar esto, que no puede comprar un piso y regalármelo. Pero ¿para qué? Claro que puede. Lo ha hecho.

—Esto es una locura —le respondo—. Todavía no me creo que lo hayas hecho.

—¿Te gustan los sillones? ¿Y la cocina? ¿Te ha enseñado Greg el fregadero de azulejos verdes?

—Es todo perfecto.

—Sé que los taburetes te parecerán un poco atrevidos, pero están bien. Creo que...

—Es perfecto.

—Siempre me dices que nunca termino nada. Quería terminar esto, para ti.

Tengo las mejillas arrasadas de lágrimas. Ni siquiera me había dado cuenta de que estaba llorando.

—Bells —le digo—. Es increíble. Es precioso. Yo nunca habría podido... Yo nunca... Es mi hogar.

—Lo sé.

Quiero que esté aquí. Quiero que cocinemos en esta cocina, en medio de un desastre de ingredientes, quiero que tengamos que ir corriendo a la tienda de la esquina porque nos falta la vainilla o la pimienta molida. Quiero que enredemos en ese vestidor, que bromee con lo que sea que yo quiera ponerme. Quiero que duerma en esta cama, segura, arropada. ¿Qué podría pasarle bajo mi custodia? ¿Qué desgracia podría alcanzarla si nunca, nunca dejo de mirarla?

Pero comprendo que no vendrá. Entiendo, aquí de pie, en esta manifestación de sueño y pesadilla, que estaré aquí, en esta casa que ha construido para mí, sola. Estoy aquí porque ella no va a estar. Porque necesitaba darme algo a lo que agarrarme, algo que me protegiera. Un techo sobre mi cabeza. Un refugio de la tormenta.

—Te quiero —le digo con vehemencia—. Te quiero muchísimo.

—Dannie... —me dice. La oigo por el auricular. Bella. Mi Bella—. Siempre te querré.

Aaron se marcha y deambulo por el *loft*, tocando todas y cada una de las superficies. Los azulejos verdes del fregadero, la porcelana blanca de la bañera, una bañera con patas. Recorro la cocina. Las alacenas están llenas de pasta, vino; hay una botella de Dom Perignon enfriándose, esperando, en la nevera. Repaso el botiquín con mis medicinas, el vestidor con mi ropa. Paso la mano por los vestidos. Hay uno expuesto. Ya sé cuál es. Lleva una nota prendida: «Póntelo. Siempre me ha gustado cómo te queda», ha escrito a mano con su caligrafía enrevesada.

38

Sucede rápido y luego despacio. Caemos en picado y pasamos ocho días en el fondo del mar, demasiado tiempo respirando solo agua.

Bella deja el tratamiento. El doctor Shaw habla con nosotros; nos dice lo que ya sabemos, lo que hemos visto con nuestros propios ojos: que ya no tiene sentido, que la pone peor, que necesita estar en casa. Está tranquilo y sereno, y lo odio, quiero estamparlo contra la pared. Quiero gritarle. Necesito echarle la culpa a alguien, que alguien sea responsable de esto. Porque ¿de quién es la culpa? ¿Del destino? ¿Es el infierno en que nos encontramos el resultado de la intervención divina? ¿Qué tipo de monstruo ha decidido que este es el final que merecemos? Que ella merece.

El cáncer ha invadido sus pulmones. Acaba en el hospital. Le drenan el fluido. La mandan a casa. Apenas puede respirar.

Jill no está en casa, se aloja en un hotel de Times Square, y el viernes me calzo las botas, me pongo el abrigo y dejo a Bella y a Aaron solos en casa. Llego al centro atravesando las luces de Broadway y un montón de gente a punto de entrar en el teatro para ver una función. Tal vez sea una noche de celebración. Tal vez un ascenso, un viaje a la ciudad. Están derrochando en un musical o en la última obra teatral de un actor célebre para sentirse bien. Viven en un mundo diferente. No tiene nada que ver con el nuestro.

La encuentro en el bar del W Hotel. En realidad, no tenía ningún plan. No sabía qué haría al llegar. ¿Llamarla al móvil? ¿Exigir que me dieran su número de habitación? Pero no me hace falta hacer nada porque está sentada en el vestíbulo, con un vodka martini.

Sé que es un vodka martini porque es lo que Bella bebe. Jill solía dejarnos tomar un sorbo del suyo cuando éramos muy jóvenes, y nos los preparaba años más tarde, cuando aún no era legal que tomáramos alcohol.

Lleva un traje de pantalón naranja de crepé con un fular. Hiervo de ira. ¿Cómo tiene el valor de vestirse así? De prestar atención a los accesorios. De considerarlo importante.

—Jill.

Se sobresalta cuando me ve. El martini se tambalea.

—¿Cómo...? ¿Va todo bien?

Reflexiono acerca de la pregunta. Me dan ganas de reír. ¿Qué puedo responderle? Su hija se está muriendo.

—¿Por qué no estás con ella? —le digo.

Ha estado cuarenta y ocho horas alejada del centro. Llama a Aaron, pero no aparece por casa.

Abre mucho los ojos sin que se le mueva la frente. Un efecto de las inyecciones, de ese tipo de medicina que tiene la suerte de haber podido elegir porque sus células no se multiplican convirtiéndose en monstruos.

Me siento a su lado. Llevo mallas de yoga y una vieja sudadera UPenn, una de David que a pesar de todo me quedé.

—¿Quieres una copa? —me pregunta. Un camarero acude solícito.

—Un *dry* martini —digo. No tenía intención de quedarme, solo de decir lo que he venido a decir e irme.

Me sirven enseguida la copa. Jill me mira. ¿Espera que brinde con ella? Tomo un sorbo rápido y dejo la copa en la mesa.

—¿Por qué has venido? —le pregunto. La misma pregunta desde un ángulo distinto. ¿Por qué estás aquí, en Nueva York? ¿Por qué estás aquí, en este hotel, sin tu hija?

—Quiero estar cerca —me responde. Lo dice directa y francamente, sin emoción.

—Se está... —Me interrumpo, incapaz de seguir—. Te necesita a su lado.

Jill niega con la cabeza.

—Solo estorbo.

Se ha ocupado de la entrega a domicilio de comida y ha mandado a alguien a limpiar. El lunes vino con flores y preguntó dónde estaban las tijeras de podar.

—No lo entiendo —digo—. Y Frederick, ¿dónde está?

—En Francia —me responde sin más.

Tengo ganas de gritar. Tengo ganas de estrangularla. Quiero entender cómo, cómo, cómo. Se trata de Bella.

Tomo otro sorbo.

—Recuerdo cuando tú y Bella os conocisteis —me dice—. Fue amor a primera vista.

—En ese parque.

Bella y yo no nos conocimos en el colegio, sino en un parque de Cherry Hill. Habíamos ido allí para el picnic del Cuatro de Julio. Mis primos vivían en New Jersey y eran nuestros anfitriones. Casi nunca los visitábamos. Ellos eran conservadores y nosotros reformistas y tenían muchas opiniones sobre qué clase de judíos éramos. Sin embargo, por alguna razón no estábamos en la playa, así que fuimos con ellos. Bella y su familia se encontraban en el mismo parque a pesar de que, como nosotros, iban a abrir un negocio en casa a cuarenta kilómetros de distancia. Estaban allí por el trabajo de Frederick, una empresa de barbacoas. Nos conocimos junto a un árbol. Ella llevaba un vestido de encaje azul, zapatillas blancas y el pelo sujeto con una diadema roja. Parecía una niña francesa. Recuerdo que pensé que tenía acento, aunque la verdad es que no lo tenía. Simplemente, hasta ese momento yo nunca había oído hablar a alguien que no fuera de Filadelfia.

—Hablaba sin parar de ti. Me dio miedo que nunca volviera a verte, así que la metimos en Harriton.

La miro.

—¿Qué quieres decir con que la metisteis en Harriton?

—No estábamos seguros de que fuera a hacer amigos, pero en cuanto te conoció, supimos que no podíamos separarla de ti. Tu madre dijo que en otoño empezarías en Harriton, así que la matriculamos allí.

—¿Por mí?

Jill suspira y se coloca el fular.

—No he sido la mejor de las madres, ya lo sabes. Ni siquiera una madre pasable. A veces creo que lo único que hice bien fue dártela.

Noto que se me agolpan las lágrimas en los ojos. Me escuecen. Pequeñas abejas en los párpados.

—Te necesita —le digo.

Jill niega con la cabeza.

—La conoces mucho mejor que yo. ¿Qué puedo darle ahora?

Me inclino hacia ella y le cojo una mano. El contacto la sobresalta. ¿Cuál fue la última vez que la tocaron?

—A ti.

39

Jill vuelve a casa conmigo. Se queda en la puerta.

—¿Dannie? ¿Quién es? —pregunta Bella desde el dormitorio.

—Soy mamá —le responde Jill.

Las dejo solas.

Salgo a caminar. Mi madre me llama y respondo.

—Dannie —me dice—. ¿Cómo está?

Y entonces, al oír su voz, me echo a llorar. Lloro por mi mejor amiga, que está luchando en un piso por el derecho a respirar. Lloro por mi madre, que conoce esta clase de pérdida demasiado bien, que la conoció de mala manera, de una manera que nadie debería tener que soportar. Lloro por mi malograda relación sentimental, por mi matrimonio, por un futuro que nunca se hará realidad.

—Oh, cariño —me dice—. Ya lo sé.

—David y yo hemos roto —le cuento.

—Habéis roto. —No parece sorprendida—. ¿Qué ha pasado? —me pregunta.

—No nos casamos.

—No, supongo que no.

Se instala el silencio entre nosotras.

—¿Estás bien? —dice por fin.

—No lo sé.

—Bueno, eso es mejor que otras alternativas. ¿Puedo ayudarte?

Es una pregunta sencilla que me ha hecho muchas veces a lo largo de la vida. ¿Puedo ayudarte con los deberes? ¿Puedo ayudarte a pagar ese coche? ¿Puedo ayudarte a subir el cesto de la ropa sucia?

Me ha preguntado tantas veces si podía ayudarme que he olvidado la importancia de esa pregunta. Ahora veo que se ha tejido un tapiz de amor en mi vida cuya bendición he llegado a ignorar. Pero ahora ya no, ya no.

—Sí —le digo.

Me promete que le enviará un correo electrónico a David y que se asegurará de que recibamos los reembolsos que sean posibles. Se encargará de las devoluciones y de las llamadas telefónicas. Es mi madre. Me ayudará. Eso es lo que hace ella.

Vuelvo arriba. Jill se ha marchado. Aaron está en la otra habitación, seguramente trabajando. No lo veo. Desde la puerta de la habitación veo que Bella está despierta.

—Dannie —susurra con la voz apenas audible.

—¿Sí?

—Ven —me pide.

Lo hago. Rodeo la cama y me acuesto a su lado. Me duele mirarla. Está esquelética. Ha perdido las curvas, la musculatura, la dulzura y el misterio que ha sido su cuerpo durante tanto tiempo.

—¿Tu madre se ha ido? —le pregunto.

—Gracias —me dice.

No le respondo. Me limito a enlazar mi mano con la suya.

—¿Recuerdas las estrellas? —me dice.

En un primer momento creo que se refiere a la playa de noche. O a nada, que está viendo algo que yo no puedo ver.

—¿Las estrellas?

—Las de tu habitación.

—Las pegatinas del techo —digo.

—¿Te acuerdas que solíamos contarlas?

—Nunca terminábamos de hacerlo. No conseguíamos distinguirlas.

—Lo echo de menos.

Le aprieto la mano. Tengo ganas de abrazarla entera, de sujetarla, de apretarla contra mí para que no pueda irse a ninguna parte.

—Dannie, tenemos que hablar de esto.

No digo nada. Noto cómo las lágrimas me resbalan por las mejillas. Todo está húmedo. Húmedo y frío, mojado, nunca nos secaremos.

—¿De qué? —le pregunto de manera estúpida, desesperada.

—De que me estoy muriendo.

Me vuelvo hacia ella porque ella apenas puede moverse ya. Me mira a los ojos. Con esos mismos ojos. Los ojos que hace tanto tiempo que quiero. Siguen ahí. Ella sigue dentro. Es imposible pensar que no va a estar. Pero no va a estar. Pronto no estará. Se muere. Y no puedo negarle esto, el ser honesta con ella.

—No me gusta —le digo—. Es una mala política.

Se ríe y acaba tosiendo. Tiene los pulmones encharcados.

—Lo siento —me disculpo. Echo un vistazo a la bomba que le administra los analgésicos para el dolor. Le doy un minuto.

—Lo siento —se disculpa ella.

—No, Bella. Por favor.

—No —insiste—. Lo siento. Quería estar aquí contigo para todo.

—Lo has estado. Has estado aquí para todo.

—Para todo no —susurra. Noto que me busca la mano bajo las sábanas. Se la doy—. No para el amor.

Pienso en David, en nuestro viejo piso compartido y en las palabras de Bella: «Porque es el que sientes por mí».

—Nunca lo has tenido —dice—. Quiero un amor verdadero para ti.

—Te equivocas —le corrijo.

—No me equivoco. Nunca has estado verdaderamente enamorada. Nunca te han roto el corazón.

Pienso en Bella en el parque, en el colegio, en la playa. Pienso en Bella tendida en el suelo de mi primer piso de Nueva York, en Bella con una botella de vino bajo la lluvia. En Bella en la escalera de incendios a las tres de la madrugada. En la voz de Bella por teléfono en Nochevieja, desde París, entre interferencias. Bella. Siempre Bella.

—Sí —susurro—. Me lo han roto.

Contiene el aliento y me mira. Lo veo todo. Nuestra amistad en cascada. Las décadas. Las décadas futuras, más numerosas incluso, sin ella.

—No es justo —dice.

—No. No lo es.

Noto su extenuación avanzar sobre las dos como una ola. Nos arrastra hacia abajo. Su mano afloja la mía.

40

Sucede el jueves. Duermo. Aaron está en el sofá. Jill y la enfermera, con Bella. Me pierdo los increíblemente largos y espantosos momentos finales. Estoy en su piso, a seis metros de distancia, no a su lado. Cuando despierto, se ha ido.

Jill organiza el funeral. Frederick viene en avión. Están obsesionados con las flores. Frederick quiere la catedral. Una orquesta de cámara de ocho miembros. ¿Dónde se encuentra un coro góspel al completo en Manhattan?

—Esto no está bien —dice Aaron.

Estamos en el piso de Bella, bien entrada la noche, dos días después de que nos haya dejado. Tomamos vino. Demasiado vino. Llevo cuarenta y ocho horas sin estar sobria.

—Esto no es lo que ella querría —añade.

Se refiere al funeral, supongo, aunque tal vez no. A lo mejor se refiere a todo en general. Tendría razón.

—Pues vamos a organizar lo que ella hubiese querido —digo, decidiendo por él—. Nuestra propia ceremonia.

—¿Para celebrar la vida?

Cuando lo dice me quedo sin palabras. No quiero celebrar nada.

Todo esto es injusto. Nada es como tendría que haber sido.

Pero Bella amaba la vida, todos y cada uno de sus momentos. Le encantaba su modo de vivirla. Adoraba el arte y viajar y sus *croque monsieur*. Le encantaban los fines de semana en París y las semanas enteras en Marruecos y las puestas de sol en Long Island. Quería a sus amigos; le encantaba reunirlos; le encantaba pasearse por la habitación llenando las copas hasta el borde y haciendo prometer a todos que se quedarían hasta la madrugada. Eso es lo que hubiera querido.

—Sí —le respondo—. Vale.

—¿Dónde?

En un punto alto, que esté por encima de todo, un lugar con terraza. Un sitio desde el que se vea la ciudad que tanto amaba.

—¿Todavía tienes las llaves? —le pregunto.

Dos días después, el 15 de diciembre, superamos el funeral. Soportamos a los familiares y los discursos. Soportamos no que nos releguen al fondo, pero sí que nos dejen de lado. «¿Son ustedes de la familia?»

Aguantamos las cuestiones prácticas. La lápida, el fuego, los documentos. Soportamos el papeleo y los mensajes de correo electrónico y las llamadas telefónicas. «¿Qué?», nos dicen. «No. ¿Cómo puede ser? Ni siquiera sabía que estuviera enferma.»

Frederick mantendrá abierta la galería. Buscarán a alguien para llevarla. Seguirá llevando su nombre. «El *loft* no fue lo único que llevaste a buen puerto», me gustaría decirle. ¿Cómo no vi el modo en que dirigía el negocio?

¿Por qué no se lo dije? Quiero decirle ahora, haciendo inventario de su vida, que veo todo aquello de lo que ha sido capaz.

Nos reunimos al anochecer. Berg y Carl, amigos de nuestros veinte años en Nueva York. Morgan y Ariel. Las chicas de la galería. Dos amigos de París y algunas novias de la universidad. Los chicos de unos recitales literarios en los que solía participar. Personas que la han amado, apreciado y que han sido testigos de diferentes partes de su exuberante y vibrante alma.

Nos reunimos en esa terraza, tiritando, arrebujados en los abrigos, pero con la necesidad de estar fuera, al aire libre. Morgan vuelve a llenarme la copa de vino. Ariel carraspea.

—Me gustaría leer algo —propone.

—Por supuesto —le digo.

Nos juntamos en un pequeño saliente en forma de herradura.

De las dos, Ariel es la más tímida, un poco más reservada que Morgan.

Empieza.

—Bella me envió este poema hace aproximadamente un mes. Me pidió que lo leyera. Era una gran pintora, pero también una gran escritora. Era... —Niega con la cabeza—. En cualquier caso, quería compartirlo esta noche con vosotros.

Se aclara la garganta y empieza a leer:

Hay un camino de tierra más allá del mar y del cielo,
detrás de las montañas, pasando incluso las colinas
de un verde voluptuoso que se elevan hacia el cielo.
He estado allí, contigo.

No es ni ancho ni demasiado estrecho.
A lo mejor se podría levantar una casa en medio,
aunque nunca nos lo planteamos.
¿Para qué? Ya vivimos allí.
Cuando cae la noche y la ciudad se detiene, estoy ahí,
[contigo.
Nuestras bocas riendo,
nuestras cabezas vacías de todo menos de lo que importa.
¿Y qué importa?, pregunto.
Esto, dices. Tú y yo, aquí.

Nos quedamos callados cuando termina. Yo sé de qué lugar habla. Es un campo rodeado de montañas y de niebla por el que corre un río. Es tranquilo y pacífico y eterno. Es su piso. Me arrebujo más en el abrigo. Hace frío, pero el frío me sienta bien. Me recuerda por primera vez desde hace una semana que estoy aquí, que tengo un cuerpo, que soy real. Berg es el siguiente en dar un paso adelante. Lee una estrofa de un poema de Chaucer que a ella le encantaba en la facultad. La declama exageradamente. Todos reímos.

Hay champán y tenemos sus galletas favoritas de una panadería de Bleecker. También hay pizza de Rubirosa, pero nadie la ha tocado. Necesitamos que regrese, sonriente, llena de vida, que nos devuelva el apetito.

Por fin me llega el turno.

—Gracias a todos por venir —les digo—. Greg y yo sabíamos que Bella habría querido una despedida menos formal con la gente que amaba.

—Y eso que le encantaban las corbatas negras —apunta Morgan con humor.

Nos reímos.

—Sí que le encantaban. Ella era un espíritu que giraba en espiral y que nos conmovió a todos. La echo de menos. Siempre lo haré.

El viento silba en la ciudad y me parece que es ella despidiéndose definitivamente.

Nos quedamos hasta que se nos congelan los dedos y la cara se nos acartona. No nos queda más remedio que volver a casa. Abrazo a Morgan y a Ariel. Me prometen volver la semana que viene y ayudarnos a ordenar las cosas de Bella. Berg y Carl se van. Las chicas de la galería me dicen que me pase por allí y les digo que lo haré. Tienen en marcha una exposición nueva. Bella estaría orgullosa. Debería verla.

Solo quedamos nosotros dos. Aaron no me pregunta si puede acompañarme, pero cuando llega el taxi, sube conmigo. Recorremos el trayecto en silencio. Cruzamos el puente de Brooklyn, milagrosamente libre de tráfico. No hay control de carreteras. Ya no. Paramos delante del edificio.

Las llaves. Ahora las tengo yo.

Cruzamos el portal, subimos en el ascensor y entramos en el piso. Todo aquello contra lo que he luchado se materializa ante mis ojos.

Me quito los zapatos. Me acerco a la cama. Me tumbo en ella. Sé lo que va a pasar. Sé con exactitud cómo vamos a vivirlo.

41

Me he debido de quedar dormida porque me despierto. Aaron está aquí, y la realidad de la pérdida de Bella, de los últimos meses, gira a nuestro alrededor como una tormenta inminente.

—¡Eh! —me dice Aaron—. ¿Estás bien?

—No, no lo estoy.

Suspira. Se me acerca.

—Te has quedado dormida.

—¿Qué haces aquí? —le pregunto porque quiero saberlo. Quiero que me lo diga. Quiero que ahora salga a la luz.

—Vamos... —dice, negando con la cabeza.

No sé si niega lo inevitable o si no tiene ganas de responder a la pregunta, no lo sé.

—¿Tú me conoces?

Quiero explicarle, aunque sospecho que ya lo sabe, que no soy esta clase de persona. Que lo que ha pasado, lo que está pasando ahora entre los dos, no es propio de mí. Que yo nunca la traicionaría, pero que se ha ido. Ya no está y no sé qué hacer con todo lo que... con todo lo que ha dejado su estela.

Apoya una rodilla en el colchón.

—Dannie, ¿me lo preguntas en serio?

—No lo sé. No sé dónde estoy.

—Ha sido una gran noche, ¿no? —me dice con suavidad recordándomela.

Claro que lo ha sido. Ha sido como ella habría querido. Un cúmulo de lo que ella representaba. Espontaneidad, amor. Unas vistas espléndidas de Manhattan.

—Sí.

Enciendo el televisor. Se avecina una tormenta, un torbellino que avanza hacia nosotros. La predicción es que se acumularán más de veinte centímetros de nieve.

—¿Tienes hambre? —me pregunta. Anoche ninguno de los dos cenó.

Rechazo su oferta con la mano. No. Pero insiste y quien le responde es mi estómago. Sí. Estoy realmente hambrienta.

Sigo a Aaron hasta el armario con ganas de quitarme este vestido. Saca del cajón unos pantalones de chándal y una camiseta que dejó aquí cuando estuvo trabajando en el *loft*. Las únicas prendas que hay en la casa que no son mías.

—Me mudé a Dumbo... —le digo incrédula.

Aaron se ríe. Todo es tan absurdo que ninguno de nosotros puede evitarlo. Cinco años después, dejé Murray Hill y Gramercy y me mudé a Dumbo.

Me cambio y me lavo la cara. Me aplico un poco de crema. Vuelvo a la sala de estar. Aaron me grita desde la cocina que está haciendo pasta.

Encuentro los pantalones de Aaron tirados en la silla. Los doblo y la cartera se cae. La abro. Dentro está la tarjeta para fichar de Stumptown. Y luego la veo: la foto de

Bella. Está riendo, con el pelo alborotado alrededor de la cara. Se la hice en la playa de Amagansett este verano. Parece que fue hace años.

Optamos por un pesto para los espaguetis. Voy a sentarme en la barra.

—¿Sigo siendo abogada? —le pregunto con desgana. Hace casi dos semanas que no voy al bufete.

—Claro —me responde. Me enseña una botella abierta de vino tinto y asiento. Me llena la copa.

Comemos. Me sienta bien. Vuelvo a tener los pies en la tierra. Cuando terminamos, nos llevamos las copas de vino al otro extremo de la habitación. Pero no estoy lista, todavía no. Me siento en un sillón azul. Pienso en irme. En no pasar por lo que va a suceder a continuación.

Incluso hago un amago de ir hacia la puerta.

—Eh, ¿adónde vas? —me dice Aaron.

—Al *deli*.

—¿Al *deli*?

Y de repente lo tengo encima, sujetándome la cara con ambas manos como hizo hace unas cuantas semanas, en el otro lado del mundo.

—Quédate —me pide—. Por favor, no te vayas ahora.

Y eso hago. Claro que me quedo. Iba a quedarme desde el principio. Me abandono a él en este piso como el agua a una ola. ¡Todo es tan fluido, tan necesario! Como si ya hubiera sucedido.

Me abraza y me besa. Despacio y luego más deprisa, intentando comunicarme algo, intentando abrirse camino.

Nos desvestimos enseguida.

En contacto con la mía, su piel está caliente y desnuda y hambrienta. Sus caricias pasan de ser lánguidas a ser fuego. Lo noto a nuestro alrededor, envolviéndonos completamente. Quiero gritar. Quiero que nos apartemos.

Hacemos el amor en esta cama. La que Bella compró. La unión que ella forjó. Recorre con los dedos mis hombros y mis pechos. Me besa el cuello, el hueco de la clavícula. Su cuerpo encima de mí es pesado y real. Exhala con fuerza en mi pelo, pronuncia mi nombre. Vamos a llegar demasiado rápido. No quiero que esto se acabe nunca.

Pero se acaba, y cuando lo hace, cuando Aaron se deja caer encima de mí, besándome, acariciándome, estremeciéndose, lo siento con claridad, como si me hubiera dado un golpe en la nuca. Lo veo en las estrellas. Por todas partes. Por encima de nosotros.

Lo sabía hace cinco años. Lo sabía todo. Incluso vi este momento. Sin embargo, cuando miro a Aaron a mi lado, me doy cuenta ahora de una cosa que entonces no sabía, que no he sabido hasta este preciso momento: a las 11.59 de la noche. Veía lo que se avecinaba, pero no lo que eso implicaría.

Me miro el anillo que llevo en el dedo corazón desde que me lo puse. Es de Bella, claro, no mío. Es lo que llevo para sentirme cerca de ella.

Una mortaja. Este sentimiento.

Este sentimiento interminable e insuperable. Invade todo el piso. Amenaza con hacer estallar las ventanas. Pero no, no es amor. Lo malinterpreté. Lo confundí porque no lo sabía. No había visto todo lo que nos traería hasta aquí. No es amor.

Es dolor.

El reloj no se para.

Después

Aaron y yo estamos acostados juntos, completamente quietos. No resulta incómodo, aunque no hablemos. Supongo que los dos estamos aceptando lo que acabamos de descubrir: que no tenemos donde escondernos, ni siquiera el uno del otro.

—Se estará riendo —dice él por fin—. Lo sabes, ¿verdad?

—Eso si no me mata antes.

Aaron va a ponerme una mano en el vientre, pero decide tocarme el brazo.

—Lo sabe —dice.

—Me lo imagino, sí. —Me pongo de lado. Nos miramos. Dos personas atadas por el dolor.

—¿Quieres quedarte? —le pregunto.

Me sonríe. Me coloca un mechón de pelo detrás de la oreja.

—No puedo.

Asiento en silencio.

—Lo sé.

Quiero trepar por él. Quiero anidar en sus brazos, quedarme ahí hasta que pase la tormenta. Pero no puedo, por supuesto. Él tiene que soportar lo suyo. Podemos ayudarnos en los hechos concretos, pero no en el modo de afrontarlos. Eso es otra cosa. Siempre lo ha sido.

Echo un vistazo a mi alrededor, al piso que arregló para mí. A este refugio.

—¿Adónde irás? —le pregunto.

Tiene su casa, claro. Su vida. La que estaba viviendo el año pasado, antes de que las mareas del destino lo arrastraran hasta aquí. 16 de diciembre de 2025. «¿Dónde se ve dentro de cinco años?»

—¿Quieres que comamos juntos mañana? —me pregunta.

Se sienta. Discretamente, se sube los pantalones bajo las sábanas.

—Sí. Estaría bien.

—Podríamos convertirlo en una costumbre semanal —me dice estableciendo las fronteras, de una amistad tal vez.

—Me gustaría.

Me miro la mano. No quiero. No quiero llevarla siempre. No quiero llevar esta promesa en el dedo. Aunque no es mi promesa, claro, es la de Aaron.

Me lo quito.

—Toma —le digo—. Deberías tenerlo tú.

Niega con la cabeza.

—Ella quería que tú...

—No. No quería. Es tuyo.

Asiente y lo coge.

—Gracias.

Se levanta y se pone la camisa. Yo aprovecho para vestirme también.

Entonces se queda quieto, como si se hubiera dado cuenta de algo.

—Podríamos tomar un poco más de vino si no te apetece estar sola —me propone.

Pienso en eso, en la promesa de este espacio. De esta vez.

De esta noche.

—Estoy bien —le digo. No tengo la menor idea de si es cierto.

Cruzamos el piso en silencio, los pies ligeros sobre el cemento frío.

Me abraza. Sus brazos son agradables y fuertes. Pero la carga, la energía cinética empujando, pidiendo, exigiendo ser consumida ya no está.

—Espero que llegues bien a casa —lo despido.

Se va.

Me quedo mirando la puerta un buen rato. ¿Lo veré mañana o recibiré un mensaje de texto, una excusa? ¿Esto es el principio de un adiós? No lo sé. No tengo ni idea de lo que va a pasar.

Deambulo por el piso una hora, tocándolo todo: la encimera de mármol, el granulado verde. Los muebles de madera oscuros. Los taburetes de cerezo. En mi casa siempre ha sido todo blanco, pero Bella sabía que me iba bien el color. Me acerco a la cómoda naranja y veo la foto enmarcada que hay encima. Es la foto de dos adolescentes abrazadas de pie delante de una casita blanca con un toldo azul. «Tenías razón», digo, y estallo en carcajadas, en sollozos histéricos, propios de alguien atrapado entre la ironía y el dolor. El entramado de nuestra amistad continúa revelándose incluso ahora, incluso en su ausencia.

Fuera, en la acera de enfrente, justo en Galápagos, veo que empieza a nevar. La primera nevada del año. Dejo la foto en la cómoda. Me seco las lágrimas. Me pongo las botas de goma, cojo la chaqueta y la bufanda del armario. Llaves, puerta, ascensor.

La calle está desierta. Es tarde y esto es Dumbo. Nieva. Sin embargo, a una manzana de distancia veo luz. Doblo la esquina. El *deli.* Entro. Detrás del mostrador hay una mujer barriendo. Pero se está caliente, hay buena iluminación y no me dice que hayan cerrado. Está abierto. Leo el tablero con la carta. Un surtido de sándwiches. No he probado ninguno. No tengo nada de hambre, pero pienso en mañana, en venir aquí y pedir una ensalada de huevo, o un *bagel*, o pan de centeno con atún. Un bocadillo para desayunar, de huevo, tomate, queso cheddar y rúcula. Algo diferente.

La puerta tintinea a mi espalda. Un repiqueteo de alegres campanitas. Me vuelvo y allí está.

—Dannie —me saluda el doctor Shaw—. ¿Qué hace por aquí?

Tiene las mejillas coloradas, su expresión es franca. Ya no lleva uniforme, sino tejanos y una chaqueta con el cuello abierto. No es guapo, aunque el hecho de conocerlo lo embellece a mis ojos, y se le ve un poco agotado, un poco hecho polvo.

—¡Doctor Shaw!

—Por favor, llámame Mark —me pide.

Me ofrece la mano y se la estrecho.

Nos quedaremos en el *deli* hasta que cierre, tomando un café que se irá enfriando, es decir, una hora. Me acompañará a casa dando un paseo. Me dirá que siente mucho mi pérdida. Que no sabía que viviera en Dumbo. Le diré que no vivía en Dumbo hasta ahora. Me preguntará si puede volver a verme, en este *deli* quizá, cuando esté preparada. Le diré que sí, que tal vez. Tal vez.

Pero para todo eso falta una hora. Ahora, pasada la medianoche, no sabemos todavía lo que está por venir.

Que así sea. Dejémoslo estar.

Agradecimientos

Mi especial agradecimiento para:

Mi editora, Lindsay Sagnette, por estar literalmente a mi entera disposición. Gracias por aconsejarme... ¡Me siento afortunada!

Mi agente, Erin Malone, que continúa apoyando mi carrera con dientes afilados, buenas habilidades editoriales y verdadero respeto. Erin, gracias por creer en las cosas que aún no podemos ver y por confiar en mí como tu verdadera compañera. Soy afortunada y estoy agradecida. Lo digo aquí para todo el público: nunca te vas a deshacer de mí.

Mi representante, Dan Farah, gracias por tu disposición a crecer, por tu compromiso absoluto con mi carrera y con nuestra relación y por confiar como nadie en mi futuro. Estoy orgullosa de nosotros.

Mi agente, David Stone, por mantenerlo todo y mantenerlos a todos a raya. Necesito tu sabiduría, tu orientación y tu apoyo más de lo que crees.

Todo el equipo de Atria, en especial a Libby McGuire por recibirme con los brazos abiertos.

Laura Bonner, Caitlin Mahony y Matilda Forbes Watson por llevar a Dannie y a Bella por todo el mundo.

Kaitlin Olson por tu tiempo y atención, y a Erica Nori por ser el miembro clave por excelencia de este equipo.

Raquel Johnson porque el amor más verdadero que existe siempre nos ha pertenecido.

Hannah Brown Gordon, primera lectora para siempre. Gracias por decir que esto es especial y diferente de todo lo anterior. Lo necesitaba. Siempre lo necesito.

Lexa Hillyer por amarme con tanta compasión. Mi Nueva York es nuestra vida juntas y siempre la atesoraré.

Lauren Oliver por las revelaciones.

Emily Heddleson por ser la mejor ayudante de investigación en este negocio.

Morgan Matson, Jen Smith y Julia Devillers por ser unas campeonas cuando el camino daba miedo y decirme que diera el salto.

Anna Ravenelle por ayudarme.

Melissa Seligmann, que continúa inspirando todas mis historias.

Danielle Kasirer por tu perdón. Estoy muy agradecida por nuestra historia, hasta el último capítulo.

Jenn Robinson por los abrazos más cálidos y las bofetadas más fuertes. Gracias (que te jo...) por ponerme el listón tan alto.

Seth Dudowsky porque no lo sabía en ese, así que lo digo en este. La fase más larga.

A mis padres, que me demuestran una y otra vez cómo es el amor incondicional. Gracias por quererme como soy todos los días. Decir que he sido bendecida no alcanza a describirlo. Todo esto es por vuestra culpa.

Terminé los agradecimientos de mi último libro, *Una*

cena perfecta, diciendo: «A cualquier mujer que alguna vez se haya sentido traicionada por el destino o el amor. No te rindas. Aquí no acaba la historia». Ahora quiero añadir: incluso pasada la medianoche, sobre todo después de medianoche. Sigue avanzando hacia lo que se te acerca.